COLLECTION FOLIO

Patrick Modiano

Voyage
de noces

Gallimard

Patrick Modiano est né en 1945 à Boulogne-Billancourt. Il a publié son premier roman, *La place de l'étoile*, en 1968. Il a reçu le prix Goncourt en 1978 pour *Rue des boutiques obscures*.

Auteur d'une dizaine de romans et de recueils de nouvelles, il a aussi écrit des entretiens avec Emmanuel Berl et, en collaboration avec Louis Malle, le scénario de *Lacombe Lucien*.

En 1996, Patrick Modiano a reçu le Grand Prix national des Lettres pour l'ensemble de son œuvre.

Les jours d'été reviendront encore mais la chaleur ne sera plus jamais aussi lourde ni les rues aussi vides qu'à Milan, ce mardi-là. C'était le lendemain du 15 août. J'avais déposé ma valise à la consigne et quand j'étais sorti de la gare j'avais hésité un instant : on ne pouvait pas marcher dans la ville sous ce soleil de plomb. Cinq heures du soir. Quatre heures à attendre le train pour Paris. Il fallait trouver un refuge et mes pas m'ont entraîné à quelques centaines de mètres au-delà d'une avenue qui longeait la gare jusqu'à un hôtel dont j'avais repéré la façade imposante.

Les couloirs de marbre blond vous protégeaient du soleil et dans la fraîcheur et la demi-pénombre du bar, vous étiez au fond d'un puits. Aujourd'hui, ce bar m'évoque un puits et cet hôtel un gigantesque blockhaus, mais, sur le moment, je me contentais de boire, à l'aide d'une paille, un mélange de grenadine et de jus d'orange. J'écoutais le barman dont le visage s'est effacé de ma mémoire. Il parlait à un autre client, et je serais bien incapable de décrire l'aspect et le vêtement de cet homme. Une seule chose subsiste de lui, dans mon souvenir : sa manière de ponctuer la conversation par un « Mah » qui résonnait comme un aboiement funèbre.

Une femme s'était suicidée dans une chambre de l'hôtel, deux jours auparavant, la veille du 15 août. Le barman expliquait qu'on avait appelé une ambulance mais que cela n'avait servi à rien. Dans l'après-midi, il avait vu cette femme. Elle était venue au bar. Elle était seule. Après ce suicide, la police l'avait interrogé, lui, le barman. Il n'avait pas pu leur fournir beaucoup de détails. Une brune. Le directeur de l'hôtel avait éprouvé un certain soulagement car la chose était passée inaperçue grâce à la clientèle peu nombreuse en cette période de l'année. Il y avait eu un entrefilet, ce matin, dans le *Corriere*. Une Française. Que venait-elle faire à Milan au mois d'août ? Ils s'étaient retournés vers moi, comme s'ils attendaient que je leur donne la réponse. Puis le barman m'avait dit en français :

« Il ne faut pas venir ici au mois d'août. A Milan tout est fermé au mois d'août. »

L'autre avait approuvé de son « Mah ! » funèbre. Et chacun d'eux m'avait considéré d'un œil réprobateur, pour me faire bien sentir que j'avais commis une maladresse et même plus qu'une maladresse, une faute assez grave, en échouant à Milan au mois d'août.

« Vous pouvez vérifier, m'avait dit le barman. Pas un seul magasin ouvert à Milan aujourd'hui. »

Je me suis retrouvé dans l'un des taxis jaunes qui stationnaient devant l'hôtel. Le chauffeur, remarquant mon hésitation de touriste, m'a proposé de me conduire place du Dôme.

12

Les avenues étaient vides et tous les magasins fermés. Je me suis demandé si la femme dont ils parlaient tout à l'heure avait elle aussi traversé Milan dans un taxi jaune avant de rentrer à l'hôtel et de se tuer. Je ne crois pas avoir pensé, sur le moment, que le spectacle de cette ville déserte ait pu l'amener à prendre sa décision. Au contraire, si je cherche un terme qui traduise l'impression que me faisait Milan ce 16 août, il me vient aussitôt à l'esprit celui de : Ville ouverte. La ville, me semblait-il, s'accordait une pause et le mouvement et le bruit reprendraient, j'en étais sûr.

Place du Dôme, des touristes en casquettes erraient au pied de la cathédrale, et une grande librairie était éclairée, à l'entrée de la galerie Victor-Emmanuel. J'étais le seul client et je feuilletais les livres sous la lumière électrique. Était-elle venue dans cette librairie, la veille du 15 août ? J'avais envie de le demander à l'homme qui se tenait derrière un bureau au fond de la librairie, au rayon des ouvrages d'art. Mais je ne savais presque rien d'elle sinon qu'elle était brune et française.

J'ai marché le long de la galerie Victor-Emmanuel. Tout ce qu'il y avait de vie, à Milan, s'était réfugié là pour échapper aux rayons meurtriers du soleil : des enfants autour d'un marchand de glaces, des Japonais et des Allemands, des Italiens du Sud qui visitaient la ville pour la première fois. A trois jours d'intervalle, nous nous serions peut-être rencontrés cette femme et moi, dans la galerie, et comme nous étions français l'un et l'autre, nous aurions engagé la conversation.

Encore deux heures à passer, avant de prendre le train pour Paris. De nouveau je suis monté dans l'un des taxis jaunes qui attendaient, en file, sur la place du Dôme, et j'ai indiqué au chauffeur le nom de l'hôtel. Le soir tombait. Aujourd'hui, les avenues, les jardins, les tramways de cette ville étrangère et la chaleur qui vous isole encore plus, tout cela, pour moi, s'accorde avec le suicide de cette femme. Mais à ce moment-là, dans le taxi, je me disais que c'était le fait d'un mauvais hasard.

Le barman était seul. Il m'a servi de nouveau un mélange de grenadine et de jus d'orange.

« Alors, vous avez vu... Les magasins sont fermés à Milan... »

Je lui ai demandé si la femme dont il parlait tout à l'heure, et dont il disait avec respect et grandiloquence qu' « elle avait mis fin à ses jours », était arrivée depuis longtemps à l'hôtel.

« Non, non... Trois jours avant de mettre fin à ses jours... »

– Elle venait d'où?

– De Paris. Elle allait rejoindre des amis en vacances dans le Sud. A Capri... C'est la police qui l'a dit... Quelqu'un doit venir demain de Capri pour régler tous les problèmes. »

Régler tous les problèmes. Quoi de commun entre ces mots lugubres et l'azur, les grottes marines, la légèreté estivale qu'évoquait Capri?

« Une très jolie femme... Elle était assise ici... »

Il me désignait une table, tout au fond.

« Je lui ai servi la même chose qu'à vous... »

L'heure de mon train pour Paris. Dehors il faisait nuit mais la chaleur était aussi étouffante qu'en plein après-midi. Je traversais l'avenue, le regard fixé sur la façade monumentale de la gare. Dans l'immense salle de la consigne, j'ai fouillé toutes mes poches à la recherche du ticket qui me permettrait de rentrer en possession de ma valise.

J'avais acheté le *Corriere della Sera*. Je voulais lire « l'entrefilet » consacré à cette femme. Elle était sans doute arrivée de Paris sur le quai où je me trouvais maintenant, et moi j'allais faire le chemin inverse, à cinq jours d'intervalle... Quelle drôle d'idée de venir se suicider ici, quand des amis vous attendaient à Capri... Il y avait peut-être à ce geste un motif que j'ignorerais toujours.

Milan, j'y suis revenu la semaine dernière mais je n'ai pas quitté l'aéroport. Ce n'était plus comme il y a dix-huit ans. Oui : dix-huit ans, j'ai compté les années sur les doigts de ma main. Cette fois-ci, je n'ai pas pris de taxi jaune pour me conduire place du Dôme et sous la galerie Victor-Emmanuel. Il pleuvait, une pluie lourde de juin. A peine une heure d'attente et je monterais dans un avion qui me ramènerait à Paris.

J'étais en transit, assis dans une grande salle vitrée de l'aéroport de Milan. J'ai pensé à cette journée d'il y a dix-huit ans, et pour la première fois depuis tout ce temps-là, cette femme qui « avait mis fin à ses jours » – comme disait le barman – a commencé vraiment à m'occuper l'esprit.

Le billet d'avion pour Milan aller-retour, je l'avais acheté au hasard, la veille, dans une agence de voyages de la rue Jouffroy. Chez moi, je l'avais dissimulé au fond de l'une de mes valises, à cause d'Annette, ma femme. Milan. J'avais choisi cette ville au hasard parmi trois autres : Vienne, Athènes et Lisbonne. Peu importait la destination. Le seul problème, c'était que l'avion parte à la

16

même heure que celui que je devais prendre pour Rio de Janeiro.

Ils m'avaient accompagné à l'aéroport : Annette, Wetzel et Cavanaugh. Ils manifestaient cette fausse gaieté que j'avais souvent remarquée, au départ de nos expéditions. Moi, je n'ai jamais aimé partir, et ce jour-là encore moins que d'habitude. J'avais envie de leur dire que nous avions passé l'âge d'exercer ce métier qu'il faut bien appeler du nom désuet d' « explorateur ». Allions-nous encore longtemps projeter nos films documentaires à Pleyel ou dans des salles de cinémas de province de plus en plus rares ? Nous avions voulu très jeunes suivre l'exemple de nos aînés, mais il était déjà trop tard pour nous. Il n'y avait plus de terre vierge à explorer.

« Tu nous téléphones dès que tu seras à Rio... » a dit Wetzel.

Il s'agissait d'une expédition de routine : un nouveau documentaire que je devais tourner et qui s'intitulerait après tant d'autres : *Sur les traces du colonel Fawcett*, prétexte à filmer quelques villages à la lisière du Mato Grosso. Cette fois-ci, j'avais décidé qu'on ne me verrait pas au Brésil, mais je n'osais l'avouer à Annette et aux autres. Ils n'auraient rien compris. Et puis Annette attendait mon départ pour se retrouver seule avec Cavanaugh.

« Tu embrasses les amis du Brésil », a dit Cavanaugh.

Il faisait allusion à l'équipe technique qui était déjà partie et m'attendait de l'autre côté de l'Océan à l'hôtel Souza de Rio de Janeiro. Eh bien, ils pourraient m'attendre longtemps... Au bout de quarante-huit heures, une vague inquiétude commencerait à les étreindre. Ils téléphoneraient à Paris. Annette décrocherait le combiné, Cavanaugh prendrait l'écouteur. Disparu, oui, j'avais disparu. Comme le colonel Fawcett. Mais à cette différence près : je m'étais volatilisé dès le départ de l'expédition, ce qui les inquiéterait encore plus, car ils s'apercevraient que ma place, dans l'avion de Rio, était demeurée vide.

Je leur avais dit que je préférais qu'ils ne m'accompagnent pas jusqu'à l'embarquement et je m'étais retourné vers leur petit groupe avec la pensée que je ne les reverrais plus de ma vie. Wetzel et Cavanaugh gardaient une allure fringante, à cause de notre métier qui n'en était pas vraiment un, mais une manière de poursuivre les rêves de l'enfance. Resterions-nous encore longtemps de vieux jeunes gens ? Ils agitaient les bras, en signe d'adieu. Annette m'avait ému. Elle et moi, nous avions exactement le même âge, et elle était devenue l'une de ces Danoises un peu fanées qui m'attiraient quand j'avais vingt ans. Elles étaient plus vieilles que moi à l'époque et j'aimais leur douceur protectrice.

J'attendais qu'ils aient quitté le hall pour me diriger vers l'embarquement de l'avion pour Milan. J'aurais pu aussitôt revenir à Paris en cachette. Mais j'éprouvais le besoin de mettre d'abord une distance entre eux et moi.

*

Un moment, dans cette salle de transit, j'ai eu la tentation de sortir de l'aéroport et de suivre, à travers les rues de Milan, le même itinéraire qu'autrefois. Mais cela était inutile. Elle était venue mourir ici par hasard. C'était à Paris qu'il fallait retrouver ses traces.

Pendant le trajet de retour, je me laissais gagner par un sentiment d'euphorie que je n'avais pas connu depuis mon premier voyage à vingt-cinq ans vers les îles du Pacifique. Après celui-là, il y avait eu bien d'autres voyages. L'exemple de Stanley, de Savorgnan de Brazza et d'Alain Gerbault dont j'avais lu les exploits dans mon enfance ? Surtout, le besoin de fuir. Je le sentais en moi, plus violent que jamais. Là, dans cet avion qui me ramenait à Paris, j'avais l'impression de fuir encore plus loin que si je m'étais embarqué, comme je l'aurais dû, pour Rio.

*

Je connais de nombreux hôtels dans les quartiers périphériques de Paris, et j'avais décidé d'en changer régulièrement. Le premier où j'ai loué une chambre a été l'hôtel Dodds, porte Dorée. Là, je ne risquais pas de rencontrer Annette. Après mon départ, Cavanaugh l'avait sans doute entraînée dans son appartement de l'avenue Duquesne. Peut-être n'avait-elle pas appris tout de suite ma disparition, car personne – même Wetzel – ne savait qu'elle était la maîtresse de Cavanaugh, et le téléphone avait dû sonner, en vain, chez nous, cité Véron. Et puis, au bout de quelques jours de leur lune de miel, elle avait bien fini par faire un saut cité Véron, où un télégramme – je suppose – l'attendait : « Équipe Rio très inquiète. Absence

19

Jean à l'avion du 18. Téléphonez d'urgence hôtel Souza. » Et Cavanaugh était venu la rejoindre, cité Véron, pour partager son angoisse.

Moi, je ne me sens pas le moins du monde angoissé. Mais léger, très léger. Et je refuse que tout cela prenne une tonalité dramatique : je suis trop vieux maintenant. Dès que je n'aurai plus d'argent liquide, je tâcherai de m'entendre avec Annette. Un coup de téléphone cité Véron ne serait pas prudent, à cause de la présence de Cavanaugh. Mais je trouverai bien un moyen de fixer rendez-vous à Annette en secret. Et je m'assurerai de son silence. A elle, désormais, de décourager ceux qui désireraient partir à ma recherche. Elle est assez habile pour brouiller les pistes, et les brouiller si bien que ce sera comme si je n'avais jamais existé.

*

Il fait beau, aujourd'hui, porte Dorée. Mais la chaleur n'est pas aussi lourde ni les rues aussi vides qu'à Milan, au cours de cette journée d'il y a dix-huit ans. Là-bas, de l'autre côté du boulevard Soult et de la place aux fontaines, des groupes de touristes se pressent à l'entrée du zoo et d'autres montent les marches de l'ancien musée des Colonies. Il a joué un rôle dans notre vie, ce musée que nous visitions, enfants, Cavanaugh, Wetzel et moi, et ce zoo aussi. Nous y avons rêvé de pays lointains et d'expéditions sans retour.

Me voilà revenu au point de départ. Moi aussi, tout à l'heure, je prendrai un ticket pour visiter le zoo. D'ici quelques semaines, il y aura bien un

20

petit article dans un journal quelconque, annonçant la disparition de Jean B. Annette suivra mes instructions et leur fera croire que je me suis évanoui dans la nature au cours de mon dernier voyage au Brésil. Le temps passera et je figurerai dans la liste des explorateurs perdus après Fawcett et Mauffrais. Personne ne devinera jamais que j'ai échoué aux portes de Paris, et que c'était là le but de mon voyage.

Ils s'imaginent, dans leurs articles nécrologiques, pouvoir retracer le cours d'une vie. Mais ils ne savent rien. Il y a dix-huit ans, j'étais allongé sur ma couchette de train quand j'ai lu l'entrefilet du *Corriere della Sera*. J'ai eu un coup au cœur : cette femme dont il était question et qui avait mis fin à ses jours – selon l'expression du barman –, je l'avais connue, moi. Le train est resté longtemps en gare de Milan, et j'étais si bouleversé que je me demandais si je ne devais pas quitter le wagon et retourner à l'hôtel, comme si j'avais encore une chance de la revoir.

Dans le *Corriere della Sera*, ils s'étaient trompés sur son âge. Elle avait quarante-cinq ans. Ils l'appelaient par son nom de jeune fille, bien qu'elle fût toujours mariée avec Rigaud. Mais cela aussi, qui le savait, à part Rigaud, moi et les préposés de l'état civil ? Pouvait-on vraiment leur reprocher cette erreur et n'était-il pas plus juste après tout de lui avoir donné son nom de jeune fille, celui qu'elle portait les vingt premières années de sa vie ?

Le barman de l'hôtel avait dit que quelqu'un viendrait pour « régler tous les problèmes ». Était-ce Rigaud ? Au moment où le train s'ébranlait, je me suis imaginé en présence d'un Rigaud qui n'aurait plus été le même que celui d'il y a six ans, à cause des circonstances. M'aurait-il reconnu ? Depuis six ans qu'ils avaient croisé mon chemin, Ingrid et lui, je ne l'avais pas revu.

Ingrid, elle, je l'avais revue une fois à Paris. Sans Rigaud.

Derrière la vitre défilait lentement une banlieue silencieuse sous la lune. J'étais seul dans le compartiment. Je n'avais allumé que la veilleuse au-dessus de ma couchette. Il aurait suffi que j'arrive à Milan trois jours plus tôt pour croiser Ingrid dans le hall de l'hôtel. J'avais pensé la même chose, cet après-midi-là, quand le taxi m'emmenait place du Dôme, mais je ne savais pas encore que c'était elle.

De quoi aurions-nous parlé ? Et si elle avait fait semblant de ne pas me reconnaître ? Semblant ? Mais elle devait déjà se sentir si loin de tout qu'elle ne m'aurait même pas remarqué. Ou bien, elle aurait échangé avec moi quelques mots de stricte politesse avant de me quitter pour toujours.

*

On ne peut plus gravir par les escaliers intérieurs le grand rocher du zoo qui s'appelle le Rocher aux Chamois. Il menace de s'effondrer et il est enveloppé dans une sorte de résille. Le béton s'est fendu par endroits, découvrant les tiges de fer rouillées de l'armature. Mais j'étais heureux de revoir les girafes et les éléphants. Samedi. De nombreux touristes prenaient des photos. Et des familles qui n'étaient pas encore parties en vacances, ou qui ne partiraient pas, entraient dans le zoo de Vincennes comme dans un lieu de villégiature estivale.

Maintenant, je m'assieds sur un banc, face au lac Daumesnil. Plus tard, je rentrerai à l'hôtel Dodds, tout près, parmi ces immeubles qui bordent l'ancien musée des Colonies. De la fenêtre de ma chambre, je regarderai la place et les jeux d'eaux des fontaines. Est-ce que j'aurais pu imaginer, à l'époque où j'ai rencontré Ingrid et Rigaud, que j'échouerais ici, porte Dorée, après plus de vingt ans de voyages dans des pays lointains?

A mon retour de Milan, cet été-là, j'ai voulu en savoir plus long sur le suicide d'Ingrid. Le numéro de téléphone qu'elle m'avait donné lorsque je l'avais vue seule à Paris, pour la première et la dernière fois, ne répondait pas. Et, de toute manière, elle m'avait dit qu'elle ne vivait plus avec Rigaud. J'ai retrouvé un autre numéro, celui que Rigaud avait écrit à la hâte, quand ils m'avaient accompagné tous les deux, six ans auparavant, à la gare de Saint-Raphaël. KLÉBER 83-85.

Une voix de femme m'a dit « qu'on n'avait pas vu M. Rigaud depuis longtemps ». Est-ce que je pouvais lui écrire? « Si vous voulez, monsieur. Je ne vous garantis rien. » Alors, je lui ai demandé l'adresse de KLÉBER 83-85. C'était un immeuble d'appartements meublés, rue Spontini. Lui écrire? Mais les mots de condoléances ne me semblaient correspondre ni à Ingrid, ni à lui, Rigaud.

J'ai commencé à voyager. Leur souvenir s'est estompé. Je n'avais fait que les croiser, elle et Rigaud, et nos relations étaient demeurées superficielles. C'est trois ans après le suicide d'Ingrid qu'une nuit d'été, à Paris où je me trouvais seul – en transit, plus exactement : je revenais d'Océanie et je devais partir quelques jours plus tard pour Rio de Janeiro –, de nouveau, j'ai éprouvé le besoin de téléphoner à KLÉBER 83-85. Je m'en souviens, je suis entré dans un grand hôtel de la rue de Rivoli, spécialement pour cela. Avant de donner le numéro à la standardiste, je faisais les cent pas à travers le hall en préparant les phrases que je dirais à Rigaud. Je craignais de rester muet de trac. Mais cette fois-ci, personne n'a répondu.

Et les années se sont succédé, les voyages, les projections de films documentaires à Pleyel et ailleurs, sans qu'Ingrid ni Rigaud ne m'occupent particulièrement l'esprit. Le soir où j'avais essayé une dernière fois de téléphoner à Rigaud était un soir d'été comme aujourd'hui : la même chaleur, et une sensation d'étrangeté et de solitude, mais si diluée en comparaison de celle que j'éprouve maintenant... Ce n'était rien de plus que l'impression de temps mort que ressent un voyageur entre deux avions. Cavanaugh et Wetzel devaient me rejoindre quelques jours plus tard et nous partirions tous les trois pour Rio. La vie était encore bruissante de mouvement et de beaux projets.

*

Tout à l'heure, avant de rentrer à l'hôtel, j'ai été surpris de constater que la façade de l'ancien musée des Colonies et les fontaines de la place étaient illuminées. Deux cars de touristes stationnaient au début du boulevard Soult. A l'approche

24

du 14 juillet, le zoo restait-il ouvert la nuit? Qu'est-ce qui pouvait bien attirer les touristes dans ce quartier à neuf heures du soir?

Je me suis demandé si Annette, la semaine prochaine, accueillerait tous nos amis, ainsi que nous le faisions chaque année le 14 juillet, sur notre grande terrasse de la cité Véron. J'en étais à peu près sûr : elle aurait besoin d'être entourée, à cause de ma disparition. Et Cavanaugh l'encouragerait certainement à ne pas renoncer à cette coutume.

Je marchais le long du boulevard Soult. Les immeubles se découpaient à contre-jour. Quelquefois sur la façade de l'un d'eux, une grande tache de soleil. J'en remarquais aussi, de temps en temps, sur les trottoirs. Ces contrastes de l'ombre et de la lumière du soleil couchant, cette chaleur et ce boulevard vide... Casablanca. Oui, je longeais l'une des grandes avenues de Casablanca. La nuit est tombée. Par les fenêtres ouvertes, me parvenait le vacarme des téléviseurs. De nouveau, c'était Paris. Je suis entré dans une cabine téléphonique et j'ai feuilleté l'annuaire en cherchant le nom : Rigaud. Toute une colonne de Rigaud avec leurs prénoms. Mais je ne me rappelais plus le sien.

Pourtant, j'avais la certitude que Rigaud était encore vivant, quelque part dans l'un des quartiers de la périphérie. Combien d'hommes et de femmes que l'on imagine morts ou disparus habitent ces blocs d'immeubles qui marquent la lisière de Paris... J'en avais déjà repéré deux ou trois, porte Dorée, avec sur le visage un reflet de leur passé. Ils pourraient vous en dire long mais ils garderont le silence jusqu'au bout et cela les indiffère complètement que le monde les ait oubliés.

*

Dans ma chambre de l'hôtel Dodds, je pensais que les étés se ressemblent. Les pluies de juin, les jours de canicule, les soirs de 14 juillet où nous recevions nos amis, Annette et moi, sur la terrasse de la cité Véron... Mais l'été où j'ai rencontré Ingrid et Rigaud était vraiment d'une autre sorte. Il y avait encore de la légèreté dans l'air.

À partir de quel moment de ma vie les étés m'ont-ils soudain paru différents de ceux que j'avais connus jusque-là? Ce serait difficile à déterminer. Pas de frontière précise. L'été du suicide d'Ingrid à Milan? Il m'avait semblé identique aux autres. C'est en me souvenant aujourd'hui des rues désertes sous le soleil et de cette chaleur étouffante dans le taxi jaune que j'éprouve le même malaise qu'aujourd'hui à Paris, en juillet.

Depuis longtemps déjà – et cette fois-ci d'une manière plus violente que d'habitude – l'été est une saison qui provoque chez moi une sensation de vide et d'absence et me ramène au passé. Est-ce la lumière trop brutale, le silence des rues, ces contrastes d'ombre et de soleil couchant, l'autre soir, sur les façades des immeubles du boulevard Soult? Le passé et le présent se mêlent dans mon esprit par un phénomène de surimpression. Le malaise vient de là, sans doute. Ce malaise, je ne l'éprouve pas seulement dans un état de solitude, comme aujourd'hui, mais à chacune de nos fêtes du 14 juillet, sur la terrasse de la cité Véron. J'entends toujours Wetzel ou Cavanaugh me dire : « Alors, Jean, quelque chose ne va pas ? Tu devrais boire une coupe de champagne... » ou bien Annette se colle contre moi, elle me caresse les lèvres de son index, en me chuchotant à l'oreille, avec son accent danois : « A quoi tu penses, Jeannot ? Dis, tu m'aimes encore toujours ? » Et autour de nous, j'entends les éclats de rire, le murmure des conversations, la musique.

Cet été-là, le malaise n'existait pas, ni cette surimpression étrange du passé sur le présent. J'avais vingt ans. Je revenais de Vienne, en Autriche, par le train, et j'étais descendu à la gare de Saint-Raphaël. Neuf heures du matin. Je voulais prendre un car qui m'emmènerait du côté de Saint-Tropez. Je me suis aperçu, en fouillant l'une des poches de ma veste, qu'on m'avait volé tout l'argent qui me restait : trois cents francs. Sur le moment, j'ai décidé de ne pas me poser de questions au sujet de mon avenir. Il faisait beau, ce matin-là, et la chaleur était aussi accablante qu'aujourd'hui mais à l'époque, cela ne me gênait pas.

Je m'étais posté à la sortie de Saint-Raphaël pour faire de l'auto-stop sur la route du bord de mer. J'ai attendu environ une demi-heure avant qu'une voiture noire ne s'arrête. La première chose qui m'a frappé : c'était la femme qui conduisait, et lui se tenait sur le siège arrière. Elle s'est penchée par la vitre baissée. Elle portait des lunettes de soleil.

« Vous allez où ?

– Du côté de Saint-Tropez. »

D'un signe de tête, elle m'a indiqué que je pouvais monter.

27

Ils ne disaient pas un mot. Je cherchais une phrase pour engager la conversation.

« Vous êtes en vacances ?

– Oui, oui... »

Elle m'avait répondu distraitement. Lui, sur la banquette arrière, consultait une carte beaucoup plus grande que les cartes Michelin. Je le voyais bien, dans la glace du rétroviseur.

« On arrive bientôt aux Issambres... »

Elle regardait les panneaux, sur le côté de la route. Puis elle a tourné son visage vers moi :

« Ça ne vous ennuie pas si nous nous arrêtons un instant aux Issambres ? »

Elle me l'avait dit d'un ton naturel, comme si nous nous connaissions depuis longtemps.

« On s'arrête mais après on continue jusqu'à Saint-Tropez », m'a-t-il dit avec un sourire.

Il avait replié sa carte et l'avait posée à côté de lui sur la banquette. Je leur donnais environ trente-cinq ans, à tous les deux. Elle était brune avec des yeux clairs. Lui avait les cheveux courts ramenés en arrière, le visage massif, le nez légèrement écrasé. Il portait une veste de daim.

« Ça doit être là... Le type nous attend... »

Il s'était penché vers elle et lui appuyait la main sur l'épaule. Un homme en costume d'été et à la lourde serviette noire faisait les cent pas devant la grille d'une villa. Elle a garé la voiture sur le trottoir, à quelques mètres de la grille.

« Nous en avons pour un instant, m'a-t-elle dit. Vous pouvez nous attendre dans la voiture ? »

Il est sorti le premier, et il est venu lui ouvrir la portière. Quand elle est sortie, il a refermé lui-même la portière. Puis il a passé la tête par la vitre baissée.

« Si vous vous ennuyez, vous pouvez fumer... Il y a des cigarettes dans la boîte à gants... »

Ils marchaient, tous les deux, vers l'homme à la serviette. Je remarquais qu'il traînait un peu la jambe, mais il se tenait très droit, et du bras, il lui entourait l'épaule, d'un geste protecteur. Ils ont échangé une poignée de main avec l'homme à la serviette qui a ouvert la grille et les a laissés passer devant lui.

*

En cherchant dans la boîte à gants le paquet de cigarettes, j'ai fait tomber un passeport. Avant de le ranger à sa place, je l'ai ouvert : je ne pourrais pas dire si ce geste était machinal ou si j'éprouvais une simple curiosité. Un passeport français au nom d'Ingrid Teyrsen, épouse Rigaud. Ce qui m'a surpris, c'est qu'elle était née à Vienne, Autriche, la ville où j'avais habité quelques mois. J'ai allumé une cigarette, mais dès la première bouffée, j'ai eu mal au cœur : cette nuit, je n'avais pas dormi dans le train ni mangé depuis le déjeuner de la veille.

Je n'ai pas quitté la voiture. J'essayais de lutter contre la fatigue mais, de temps en temps, je tombais dans un demi-sommeil. J'ai entendu le murmure d'une conversation et j'ai ouvert les yeux : ils se trouvaient tous les deux, près de la voiture, avec l'homme à la serviette noire. Ils lui ont serré la main et l'autre a traversé l'avenue à grandes enjambées.

J'ai ouvert la portière et je suis sorti de la voiture.

« Vous ne voulez pas vous asseoir devant? ai-je demandé à l'homme.

« – Non... non... Je suis obligé de rester à l'arrière à cause de ma jambe... Je ne peux pas encore tout à fait la plier... Une vieille blessure au genou... »

On aurait dit qu'il voulait me rassurer. Il me souriait. Était-ce lui, le Rigaud mentionné sur le passeport ?

« Vous pouvez monter », m'a-t-elle dit avec un charmant froncement de sourcils.

Elle a ouvert la boîte à gants et elle a pris une cigarette. Elle a démarré de manière un peu brutale. Lui s'était assis en travers de la banquette arrière, l'une de ses jambes allongée sur celle-ci.

*

Elle conduisait lentement et j'avais du mal à garder les yeux ouverts.

« Vous êtes en vacances ? » m'a-t-elle demandé.

Je craignais qu'ils ne me posent d'autres questions plus précises : Quelle est votre adresse ? Vous faites des études ?

« Pas vraiment en vacances, ai-je dit. Je ne sais pas très bien si je vais rester ici.

– Nous habitons une petite maison près de la plage de Pampelonne, m'a-t-elle dit. Mais nous cherchons autre chose à louer... Pendant que vous nous attendiez, nous avons visité une villa... C'est dommage... Je trouve qu'elle est trop grande... »

Derrière nous, il restait muet. D'une main, il se massait le genou.

« Moi, ce qui me plaisait c'était le nom : Les Issambres... Vous ne trouvez pas que c'est un joli nom ? »

Et elle me regardait, derrière ses lunettes de soleil.

30

*

A l'entrée de Saint-Tropez, nous avons pris, à droite, la route des plages.

« A partir de là, je me trompe toujours de chemin, a-t-elle dit.

– Tu continues tout droit. »

Il parlait d'une voix basse, avec un léger accent parisien, ce qui m'a donné l'idée de leur demander s'ils habitaient Paris.

« Oui, mais nous allons peut-être nous installer définitivement ici, a-t-elle dit.

– Et vous, vous habitez Paris? »

Je me suis retourné vers lui. Sa jambe était toujours en travers de la banquette. J'avais l'impression qu'il m'enveloppait d'un regard ironique.

« Oui. J'habite Paris.

– Chez vos parents?

– Non.

– Laisse-le tranquille, a-t-elle dit. Nous ne sommes pas de la police. »

La mer est apparue, au fond, légèrement en contrebas de la route, au-delà d'une étendue de vignes et de pins.

« Tu es encore allée trop loin, a-t-il dit. Il fallait prendre à gauche. »

Elle a fait demi-tour et elle a évité de justesse une voiture qui venait en sens inverse.

« Vous n'avez pas peur? m'a-t-il demandé. Ingrid conduit très mal. D'ici quelques jours, quand ma jambe ira mieux, je pourrai me remettre au volant. »

Nous nous étions engagés dans une petite route au début de laquelle se dressait un panneau indicateur : TAHITI-MOOREA.

« Vous avez votre permis de conduire ? m'a-
t-elle demandé.

– Oui.

– Alors, vous pouvez conduire à ma place. Ce
serait plus prudent. »

Elle s'est arrêtée à un carrefour et je m'apprê-
tais à la remplacer au volant, quand elle m'a dit :

« Non... non... Pas tout de suite... Plus tard...

– C'est à gauche », lui a-t-il dit.

Et il lui désignait un nouveau panneau indicateur : TAHITI-MOOREA.

*

Maintenant la route n'était plus qu'un chemin
bordé de roseaux. Nous avons longé un mur
d'enceinte que perçait une porte bleu marine. Elle
a arrêté la voiture devant celle-ci.

« Je préfère rentrer par la plage », a-t-il dit.

Nous avons continué à suivre le chemin de
roseaux avant de déboucher sur un terrain qui servait de parking au restaurant Moorea. Après avoir
garé la voiture, nous avons traversé la terrasse
déserte du restaurant. Nous étions sur la plage.

« C'est un peu plus loin, a-t-il dit. Nous pouvons
y aller à pied... »

Elle avait ôté ses espadrilles et lui avait pris le
bras. Il traînait la jambe mais de manière moins
accentuée que tout à l'heure.

« Il n'y a encore personne sur la plage, m'a-t-elle
dit. C'est l'heure que je préfère. »

La propriété était séparée de la plage par une
enceinte au grillage troué. Nous nous sommes
glissés à travers l'un de ces trous. Une cinquan-

taine de mètres plus loin, s'élevait un bungalow qui m'évoqua les motels des autoroutes américaines. Il était à l'ombre d'une petite pinède.

« La villa principale est là-bas », m'a-t-il dit.

Tout au fond, je distinguais, à travers les pins, un grand corps de bâtiment sans étage, blanc, de style mauresque ou espagnol, qui entourait une piscine de mosaïque bleue. Quelqu'un se baignait dans cette piscine.

« Les propriétaires habitent là-bas, m'a-t-il dit. Nous leur avons loué la maison du jardinier. »

*

Elle est sortie du bungalow, dans un maillot de bain bleu ciel. Nous l'avions attendue, lui et moi, assis sur les transats devant l'une des baies vitrées coulissantes.

« Vous avez l'air fatigué, m'a-t-il dit. Vous pouvez vous reposer ici. Nous, nous allons sur la plage... juste devant... »

Elle me regardait, en silence, derrière ses lunettes de soleil. Puis elle m'a dit :

« Vous devriez faire une sieste. »

Et elle me désignait un grand matelas pneumatique, au pied d'un bouquet de pins, sur le côté du bungalow.

*

J'étais allongé sur le matelas, le regard fixé vers le ciel et la cime des pins. J'entendais des éclats de voix qui venaient de la piscine, tout au fond, et des bruits de plongeons. Là-haut, entre les branches,

33

des jeux d'ombre et de soleil. Je me laissais aller à une très douce torpeur. Maintenant que je m'en souviens, il me semble que c'est l'un des rares moments de ma vie où j'ai éprouvé une sensation de bien-être que je pourrais même appeler : Bonheur. Dans cette demi-somnolence, interrompue quelquefois par un rayon de soleil qui se glissait à travers l'ombre des pins et m'éblouissait, je trouvais tout à fait naturel qu'ils m'aient emmené chez eux, comme si nous nous connaissions depuis longtemps. De toute manière, je n'avais pas le choix. On verrait bien le cours que prendraient les choses. J'ai fini par m'endormir.

*

Je les entendais parler à côté de moi mais je ne pouvais pas ouvrir les yeux. A travers mes paupières filtrait une lumière orange. J'ai senti la pression d'une main sur mon épaule.

« Alors ? Bien dormi ? »

Je me suis redressé, brusquement. Il portait un pantalon de toile, un polo noir et des lunettes de soleil. Et elle, un peignoir de bain. Ses cheveux étaient mouillés. Elle venait sans doute de se baigner.

« Il est presque trois heures, a-t-il dit. Vous déjeunez avec nous ?

– Je ne voudrais pas vous déranger. »

J'étais encore à moitié endormi.

« Mais vous ne nous dérangez pas du tout... N'est-ce pas, Ingrid ?

– Pas du tout. »

Elle souriait et me fixait de ses yeux bleu pâle ou gris.

34

Nous avons longé la plage jusqu'à la terrasse du restaurant Moorea. La plupart des tables étaient vides. Nous nous sommes assis autour de celle qu'un parasol protégeait de sa toile verte. Un homme au physique d'ancien moniteur de ski est venu prendre la commande.

« Comme d'habitude, a-t-elle dit. Pour trois personnes. »

*

Le soleil enveloppait d'une nappe de silence la plage, la mer et la terrasse du Moorea. Et sur ce fond de silence, le moindre son se détachait avec une acuité particulière : les voix d'un groupe de personnes en maillots de bain, à une table éloignée de la nôtre, et dont nous pouvions suivre la conversation comme s'ils se trouvaient à côté de nous ; le bourdonnement d'un chris-craft qui glissait sur la mer étale et, de temps en temps, se laissait flotter, moteur éteint. Alors, nous entendions les rires et les éclats de voix de ceux qui étaient à son bord.

« Si je comprends bien, m'a-t-il dit, vous n'aviez pas de point de chute ici.

– Non.

– Vous alliez à l'aventure... »

Pas la moindre ironie dans sa voix. Au contraire, j'y sentais de la sympathie à mon égard.

« Mais il faut malheureusement que je rentre le plus vite possible à Paris pour travailler.

– Quel genre de travail ? »

C'était elle, maintenant, qui m'interrogeait, ses yeux pâles toujours fixés sur moi.

« J'écris des articles pour des revues de géographie... »

Je ne mentais qu'à demi. J'avais écrit un long article sur le journaliste et explorateur Henry R. Stanley, que j'avais envoyé à une revue de voyages, mais j'ignorais encore si on le publierait.

« Et vous revenez de voyage ? m'a-t-il demandé.

– Oui. De Vienne, en Autriche. »

J'espérais détourner la conversation sur Vienne. Elle devait bien connaître cette ville puisqu'elle y était née. A mon grand étonnement, elle n'a pas réagi.

« C'est une très belle ville, Vienne... »

J'avais beau insister, Vienne ne lui évoquait rien.

« Et vous, vous travaillez à Paris ?

– J'ai pris ma retraite, m'a-t-il dit en souriant mais d'un ton sec qui décourageait toute question supplémentaire.

– Je vais me baigner. Vous m'attendez ici ? »

Elle s'est levée et elle a ôté son peignoir blanc. Je la suivais des yeux dans la brume de chaleur. Elle traversait la plage puis elle s'avançait dans la mer et quand elle a eu de l'eau à mi-taille, elle s'est mise à faire la planche.

*

Nous nous sommes retrouvés à l'ombre des pins du bungalow. Nous jouions à un jeu de cartes qu'ils m'avaient appris et dont les règles étaient très simples. Ce fut la seule fois de ma vie où j'ai joué aux cartes. Et puis nous sommes arrivés à la fin de l'après-midi.

36

« Je vais faire quelques courses », a-t-elle dit.

Il s'est tourné vers moi :

« Vous pourriez l'accompagner? Ce serait plus prudent... Elle conduit sans permis... Je ne voulais pas vous le dire, tout à l'heure... Vous auriez eu peur qu'on ne nous arrête sur la route de Saint-Raphaël... »

Il avait un petit rire bref.

« Je n'ai peur de rien, lui ai-je dit.

– Vous avez raison... Nous non plus, à votre âge...

– Mais nous continuons de n'avoir peur de rien », a-t-elle dit en levant l'index.

*

J'avais toujours, dans la poche intérieure de ma veste, mon passeport et mon permis de conduire. Je me suis assis au volant. J'ai eu de la peine à démarrer et à sortir du parking de Moorea, car je n'avais pas conduit de voiture depuis longtemps.

« J'ai l'impression que vous conduisez encore plus mal que moi », m'a-t-elle dit.

Elle m'indiquait le chemin. De nouveau, cette petite route, bordée de bambous. Elle était si étroite que, chaque fois qu'une voiture venait en sens inverse, je devais me ranger sur le bas-côté.

« Vous voulez que je vous remplace? m'a-t-elle dit.

– Non, non. Ça ira très bien. »

*

J'ai garé la voiture devant l'hôtel de Paris auquel la façade et les petites fenêtres aux volets de bois donnaient l'aspect d'un hôtel de montagne et nous avons rejoint le port à pied. C'était l'heure où des groupes de touristes flânaient le long du quai en admirant les yachts à l'accostage ou tentaient de trouver une place libre à la terrasse de Senéquier. Elle a fait quelques achats à la pharmacie. Elle voulait savoir si je n'avais besoin de rien, et, après un instant d'hésitation, je lui ai avoué qu'il me fallait des lames Gillette extra bleues et de la crème à raser mais que je n'avais pas d'argent sur moi. Puis nous sommes allés à la librairie où elle a choisi un roman policier. Ensuite au bar-tabac du port. Elle a acheté quelques paquets de cigarettes. Nous avions de la peine à nous frayer un passage au milieu de la foule.

Mais, un peu plus tard, nous étions les seuls à nous promener dans les ruelles de la vieille ville. Je suis revenu dans cet endroit, au cours des années suivantes, j'ai marché le long du port et des mêmes petites rues en compagnie d'Annette, de Wetzel, de Cavanaugh. C'était plus fort que moi, je ne pouvais pas tout à fait partager leur insouciance et leur joie de vivre. J'étais ailleurs, dans un autre été, de plus en plus lointain, et la lumière de cet été-là a subi une curieuse transformation avec le temps : loin de pâlir, comme les vieilles photos surexposées, les contrastes d'ombre et de soleil se sont accentués au point que je revois tout en noir et blanc.

Nous avions suivi la rue de la Ponche, et après avoir passé la voûte, nous nous étions arrêtés sur la place qui domine le Port des Pêcheurs. Elle m'a désigné la terrasse d'une maison en ruine.

« Mon mari et moi, nous avons habité là-haut, il y a très longtemps... Vous n'étiez pas né... »

38

Ses yeux pâles me fixaient toujours, de leur expression absente qui m'intimidait. Mais elle a eu le froncement de sourcils que j'avais déjà remarqué et qui lui donnait l'air de se moquer gentiment de moi.

« Vous ne voulez pas qu'on marche un peu? »

Dans le jardin en pente, au pied de la Citadelle, nous nous sommes assis sur un banc.

« Vous avez des parents?

– Je ne les vois plus, lui ai-je dit.

– Pourquoi? »

Encore ce froncement de sourcils. Que lui répondre? De drôles de parents qui avaient toujours cherché un pensionnat ou une maison de correction pour se débarrasser de moi.

« Quand je vous ai vu ce matin au bord de la route, je me suis demandé si vous aviez des parents. »

Nous sommes redescendus vers le port par la rue de la Citadelle. Elle m'a pris le bras à cause de la rue en pente. Le contact de son bras et de son épaule me donnait une impression que je n'avais jamais ressentie encore, celle de me trouver sous la protection de quelqu'un. Elle serait la première personne qui pourrait m'aider. Une sensation de légèreté m'envahissait. Toutes ces ondes de douceur qu'elle me communiquait par le simple contact de son bras et par ce regard bleu pâle qu'elle levait de temps en temps vers moi, j'ignorais que de telles choses pouvaient se produire, dans la vie.

*

Nous étions revenus au bungalow, par la plage. Nous étions assis sur les transats. Il faisait nuit et la lumière qui traversait de l'intérieur l'une des baies vitrées nous éclairait.

« Une partie de cartes? a-t-il dit. Mais vous n'avez pas l'air d'aimer tellement les jeux de société...

– Est-ce que nous jouions aux cartes à son âge? »

Elle le prenait à témoin et il souriait.

« Nous n'avions pas le temps de jouer aux cartes. »

Il l'avait déclaré à voix plus basse, pour lui tout seul, et j'aurais été curieux de savoir quelles étaient leurs occupations, à cette époque-là.

« Vous pouvez rester dormir chez nous, si vous n'avez pas d'autre endroit où aller », m'a-t-elle dit.

J'avais honte à l'idée qu'ils me prennent pour un clochard.

« Je vous remercie... Je veux bien si cela ne vous dérange pas... »

C'était difficile à dire et j'avais enfoncé mes ongles dans les paumes de mes mains pour me donner du courage. Mais il fallait encore leur avouer le plus dur :

« Je dois revenir à Paris demain. Malheureusement, on m'a volé tout l'argent qui me restait. »

Plutôt que de baisser la tête, je l'ai regardée, elle, droit dans les yeux, en attendant le verdict. De nouveau, elle a froncé les sourcils.

« Et vous vous faites du souci à cause de ça?

– Soyez tranquille, a-t-il dit. Nous allons vous trouver une place de train pour demain. »

40

Là-haut, derrière les pins, la villa et la piscine étaient illuminées et je voyais des silhouettes glisser sur la mosaïque bleue.

« Ils font une fête chaque nuit, a-t-il dit. Ça nous empêche de dormir. C'est pour ça que nous cherchons une autre maison. »

Il avait un air accablé tout à coup.

« Au début, ils tenaient beaucoup à nous inviter à leurs fêtes, a-t-elle dit. Alors nous éteignions toutes les lumières du bungalow et nous faisions comme si nous étions absents.

– Nous restions dans le noir. Une fois, ils sont venus pour nous chercher. Nous nous étions réfugiés sous les pins, à côté... »

Pourquoi prenaient-ils avec moi ce ton de confidence ou de confession, comme s'ils cherchaient à se justifier ?

« Vous les connaissez ? leur ai-je demandé.

– Oui, oui, un peu..., a-t-il dit. Mais nous ne voulons pas les voir...

– Nous sommes devenus des sauvages », a-t-elle dit.

Des voix se rapprochaient. Un petit groupe, à une cinquantaine de mètres, avançait le long de l'allée bordée de pins.

« Ça ne vous dérange pas si nous éteignons la lumière ? » m'a-t-il dit.

Il est entré dans le bungalow et la lumière s'est éteinte, nous laissant elle et moi dans la demi-pénombre. Elle a posé la main sur mon poignet.

« Maintenant, a-t-elle dit, il faut parler à voix basse. »

Et elle me souriait. Lui, derrière nous, tirait lentement la baie vitrée coulissante pour ne pas faire de bruit et revenait s'asseoir sur le transat. Les autres étaient maintenant très proches, au seuil de l'allée qui menait au bungalow. J'entendais l'un d'eux répéter d'une voix enrouée :

« Mais je te le jure! Je te le jure...

– S'ils viennent jusqu'ici, nous n'avons qu'à faire semblant de dormir », a-t-il dit.

J'ai pensé au spectacle curieux que nous leur donnerions, endormis sur nos transats dans l'obscurité.

« Et s'ils nous tapent sur l'épaule pour nous réveiller? ai-je demandé.

– Alors, dans ce cas, nous ferons semblant d'être morts », a-t-elle dit.

Mais ils quittaient l'allée du bungalow et descendaient la pente, sous les pins, en direction de la plage. A la clarté de la lune, je distinguais deux hommes et trois femmes.

« Le danger est passé, a-t-il dit. Il vaut mieux rester dans le noir. Ils risqueraient de voir la lumière, de la plage. »

Je ne savais pas si c'était un jeu ou s'il parlait sérieusement.

« Notre attitude vous étonne? m'a-t-elle demandé d'une voix douce. Il y a des moments où l'on est incapable d'échanger le moindre mot avec les gens... C'est au-dessus de nos forces... »

Leurs silhouettes se découpaient sur la plage. Ils ôtaient leurs vêtements et les posaient sur un grand tronc d'arbre taillé en forme de totem polynésien, et dont l'ombre vous donnait l'impression d'être au bord d'un lagon, quelque part dans les mers du Sud. Les femmes, complètement nues, couraient vers la mer. Les hommes faisaient sem-

42

blant de les poursuivre en poussant des rugisse-ments. De la villa, tout au fond, venaient des bouf-fées de musique et le brouhaha des conversations.

« Ça dure jusqu'à trois heures du matin, a-t-il dit d'une voix lasse. Ils dansent et ils prennent des bains de minuit. »

Nous sommes restés un long moment silen-cieux, sur nos transats, dans l'obscurité, comme si nous nous cachions.

*

C'est elle qui m'a réveillé. Quand j'ai ouvert les yeux, j'ai retrouvé ce regard bleu pâle ou gris fixé sur moi. Elle a tiré la baie vitrée coulissante de la chambre et le soleil du matin m'a ébloui. Nous avons pris le petit déjeuner dehors, tous les trois. L'odeur des pins flottait autour de nous. En bas, la plage était déserte. Plus aucune trace de leurs bains de minuit. Pas un seul vêtement oublié sur le totem polynésien.

« Si vous voulez rester quelques jours ici, vous pouvez, a-t-il dit. Ça ne nous dérange pas. »

J'ai été tenté de lui dire oui. De nouveau cette douceur, ce sentiment d'exaltation m'a envahi, comme lorsque je descendais avec elle la rue en pente. Se laisser vivre au jour le jour. Ne plus se poser de questions sur l'avenir. Être en compa-gnie de gens bienveillants qui vous aident à sur-monter vos difficultés et vous donnent peu à peu confiance en vous.

« Il faut que je revienne à Paris... Pour mon tra-vail... »

Ils m'ont proposé de m'emmener en voiture à la

gare de Saint-Raphaël. Non, cela ne les gênait pas. De toute manière, ils devaient visiter à nouveau la maison des Issambres. Cette fois-ci, c'était lui qui conduisait et j'avais pris place sur la banquette arrière.

« J'espère que vous n'aurez pas peur, a-t-elle dit en se tournant vers moi. Il conduit encore plus mal que nous. »

Il conduisait trop vite, et souvent, aux virages, je m'agrippais à la banquette. Ma main a fini par s'égarer sur son épaule à elle, et à l'instant où j'allais l'ôter, il a freiné brutalement à cause d'un autre virage si bien qu'elle m'a serré le poignet très fort.

« Il va nous tuer, a-t-elle dit.

– Non, non. Ne vous inquiétez pas. Ce ne sera pas encore pour cette fois-ci. »

A la gare de Saint-Raphaël, il s'est dirigé rapidement vers le guichet tandis qu'elle me retenait devant le stand des livres et des journaux.

« Vous ne pouvez pas me trouver un roman policier ? » m'a-t-elle demandé.

J'ai regardé sur les rayons et j'ai choisi un livre de la Série Noire.

« Ça ira », a-t-elle dit.

Il nous a rejoints. Il me tendait un billet.

« Je vous ai pris une première classe. Ça sera plus confortable. »

J'étais gêné. Je cherchais les mots pour le remercier.

« Ce n'était pas la peine... »

Il a haussé les épaules et il a acheté le livre de la Série Noire. Puis ils m'ont accompagné sur le quai. Il fallait attendre le train une dizaine de minutes. Nous nous sommes assis tous les trois sur un banc.

« J'aimerais bien vous revoir, ai-je dit.

– Nous avons un numéro de téléphone à Paris. Nous y serons sans doute cet hiver. »

Il a sorti de la poche intérieure de sa veste un stylo, il a arraché la page de garde du livre de la Série Noire et il y a écrit son nom et le numéro de téléphone. Puis il a plié la page et me l'a donnée.

Je suis monté dans le wagon, et ils se tenaient tous les deux devant la portière en attendant que le train parte.

« Vous serez tranquille..., a-t-il dit. Il n'y a personne dans les compartiments. »

Au moment où le train s'est ébranlé, elle a ôté ses lunettes de soleil et j'ai retrouvé ses yeux bleu pâle ou gris.

« Bonne chance », m'a-t-elle dit.

A Marseille, j'ai fouillé mon sac de voyage pour voir si je n'avais pas oublié mon passeport, et j'ai découvert, dans le col d'une chemise, quelques billets de banque. Je me demandais si c'était elle ou lui qui avait eu l'idée de me laisser cet argent. Peut-être les deux à la fois.

J'ai profité du 14 juillet pour me glisser dans notre appartement de la cité Véron sans attirer l'attention de personne. J'ai emprunté l'escalier qu'on n'emploie plus, derrière le Moulin-Rouge. Au troisième étage, la porte donne accès à un cagibi. Avant mon faux départ pour Rio de Janeiro, j'avais pris la clé de cette porte – une vieille clé Bricard dont Annette ne soupçonne pas l'existence – et laissé ostensiblement sur ma table de nuit la seule clé qu'elle connaisse, celle de la porte principale de l'appartement. Ainsi, même si elle avait deviné que j'étais resté à Paris, elle savait que j'avais oublié ma clé, et que, par conséquent, il m'était impossible d'entrer dans l'appartement à l'improviste.

Pas de lumière dans le cagibi. A tâtons, j'ai trouvé le bouton de la porte qui s'ouvre sur une petite chambre, une chambre qui se serait appelée « des enfants » si Annette et moi nous en avions eu. Un couloir tapissé de livres mène à la grande pièce qui nous sert de salon. Je marchais sur la pointe des pieds, mais je ne risquais rien. Ils étaient tous là-haut, sur la terrasse. J'entendais le murmure de leur conversation. La vie continuait sans moi. Un instant, j'ai eu la tentation de gravir l'étroit escalier avec sa rampe de corde tressée et ses bouées fixées aux murs. Je déboucherais sur la terrasse qui ressemble au pont supérieur d'un paquebot, car nous avions voulu, Annette et moi, que notre appartement nous donnât l'illusion d'être toujours en croisière : hublots, coursives, bastingage... Je déboucherais donc sur la terrasse et tomberait ce que je peux appeler : un silence de mort. Puis, la surprise passée, on me poserait des questions, on me ferait fête et la gaieté serait encore plus vive que d'habitude et l'on sablerait le champagne en l'honneur du revenant.

Mais je me suis arrêté sur la première marche. Non, décidément, je n'avais envie de voir personne, ni de parler, ni de donner des explications, ni de reprendre le cours habituel de ma vie. J'ai voulu entrer dans notre chambre afin de choisir quelques vêtements d'été et une paire de mocassins. J'ai tourné doucement le bouton de la porte. Celle-ci était fermée de l'intérieur. En bas, sur la moquette, un filet de lumière. On s'était isolés là pendant que la fête battait son plein. Qui ? Annette et Cavanaugh ? Ma veuve – car n'était-elle pas ma veuve si je décidais de ne plus jamais reparaître – occupait-elle en ce moment le lit conjugal avec mon meilleur ami ?

J'ai pénétré dans la chambre contiguë, qui me sert de bureau. La porte de communication était entrebâillée. J'ai reconnu la voix d'Annette.

« Mais non... Mon chéri... N'aie pas peur... Personne ne peut venir nous déranger...

– Tu es sûre ? N'importe qui peut descendre de la terrasse et entrer ici... Surtout Cavanaugh...

– Mais non... Cavanaugh ne viendra pas... J'ai fermé la porte à clé... »

Dès les premiers mots d'Annette, j'avais deviné à son intonation douce et protectrice qu'elle n'était pas en compagnie de Cavanaugh. Ensuite, j'avais reconnu la voix feutrée de Ben Smidane, un jeune homme que nous avions accueilli au début de l'année au Club des Explorateurs et dont Cavanaugh et moi nous avions été les parrains, un jeune homme qui voulait se consacrer à la recherche des épaves de bateaux coulés dans l'océan Indien et le Pacifique et auquel Annette avait trouvé « un visage de pâtre grec ».

*

La lumière s'est éteinte dans la chambre et Annette a dit d'une voix rauque :

« N'aie pas peur, mon chéri... »

Alors j'ai fermé doucement la porte et j'ai allumé la lampe de mon bureau. J'ai fouillé dans les tiroirs jusqu'à ce que je trouve une vieille chemise cartonnée de couleur vert sombre. Je l'ai prise sous le bras et j'ai quitté la pièce, abandonnant ma veuve et Ben Smidane à leurs amours.

Je suis resté un moment immobile au milieu du couloir à écouter le brouhaha des conversations. J'ai pensé à Cavanaugh, debout, là-haut, une coupe de champagne à la main, devant le bastingage. Il contemplait avec d'autres invités la place Blanche qui avait l'aspect d'un petit port de pêcheurs où l'on vient de faire escale. A moins qu'il ne se fût aperçu de la disparition prolongée d'Annette et qu'il ne se demandât où ma veuve pouvait bien être.

Je me suis revu, vingt ans auparavant, en compagnie d'Ingrid et de Rigaud, dans la demi-pénombre, devant le bungalow. Autour de nous, des éclats de voix et des rires semblables à ceux qui me parvenaient maintenant de la terrasse. J'avais à peu près l'âge d'Ingrid et de Rigaud et leur attitude, qui me semblait si étrange à l'époque, était la mienne, ce soir. Je me rappelais la phrase d'Ingrid : « Nous ferons semblant d'être morts. »

J'ai descendu l'escalier secret, à l'arrière du Moulin-Rouge, et je me suis retrouvé sur le boulevard. J'ai traversé la place Blanche et j'ai levé la tête en direction de notre terrasse. Là-haut, ils ne risquaient pas de me repérer parmi les flots de touristes que dégorgeaient les cars, et les promeneurs du 14 juillet. Avaient-ils encore une toute petite pensée pour moi ? Au fond, je les aimais bien : ma veuve, Cavanaugh, Ben Smidane et les autres invités. Un jour, je reviendrai parmi vous. Je ne sais pas encore la date précise de ma résurrection. Il faut que j'en aie la force et l'envie. Mais ce soir, je vais prendre le métro jusqu'à la porte Dorée. Léger. Si détaché de tout.

A mon retour, vers minuit, les fontaines de la place étaient toujours illuminées et quelques groupes, parmi lesquels je remarquais des enfants, se dirigeaient vers l'entrée du zoo. Il restait ouvert, à l'occasion du 14 juillet, et sans doute les animaux demeureraient dans leurs cages et leurs enclos, à moitié endormis. Pourquoi ne pas faire, moi aussi, cette visite nocturne et avoir ainsi l'illusion de réaliser le rêve qui était le nôtre autrefois : nous laisser enfermer la nuit dans le zoo?

Mais j'ai préféré rentrer à l'hôtel Dodds et m'allonger sur le petit lit en bois de merisier de ma chambre. J'ai relu les feuilles que contenait la chemise vert sombre. Des notes et même de courts chapitres que j'avais rédigés il y a dix ans, l'ébauche d'un projet caressé à cette époque-là : écrire une biographie d'Ingrid.

C'était le mois de septembre, à Paris, et pour la première fois, j'avais éprouvé un doute concernant ma vie et mon métier. Désormais, je devais partager Annette, ma femme, avec Cavanaugh, mon meilleur ami. Le public boudait les films documentaires que nous rapportions des antipodes. Tous ces voyages, ces pays de moussons, de tremblements de terre, d'amibes et de forêts vierges avaient perdu pour moi leurs charmes. En avaient-ils jamais eu?

Des jours de doute et de cafard. Je disposais de cinq semaines de répit avant de me traîner à travers l'Asie selon l'itinéraire qu'avait emprunté, jadis, la Croisière Jaune. Je maudissais les membres de cette expédition dont j'étais obligé de retrouver les traces de pneus. Jamais Paris, les quais de la Seine et la place Blanche ne m'avaient semblé si attachants. Quelle bêtise de quitter encore tout ça...

Le souvenir d'Ingrid m'occupait l'esprit de manière lancinante, et j'avais passé les journées précédant mon départ à noter tout ce que je savais d'elle, c'est-à-dire pas grand-chose... Après la guerre, pendant cinq ou six ans, Rigaud et Ingrid avaient vécu dans le Midi, mais je ne possédais aucun renseignement sur cette période. Puis Ingrid était partie en Amérique, sans Rigaud. Elle y avait suivi un producteur de cinéma. Là-bas, ce producteur avait voulu lui faire jouer quelques rôles de figuration dans des films sans importance. Rigaud était venu la rejoindre, elle avait abandonné le producteur et le cinéma. Elle s'était de nouveau séparée de Rigaud qui était retourné en France et elle était restée encore de longues années en Amérique – années dont j'ignorais tout. Puis elle avait retrouvé la France et Paris. Et, quelque temps plus tard, Rigaud. Et nous en arrivions à l'époque où je les avais rencontrés sur la route de Saint-Raphaël.

J'ai éprouvé une sensation désagréable à relire dix ans après toutes mes notes comme si quelqu'un d'autre en était l'auteur. Ainsi, le chapitre intitulé « Les années d'Amérique ». Étais-je sûr, en définitive, qu'il avait tenu une telle place dans son existence? Avec le temps, cet épisode prenait un aspect futile et presque ridicule. Mais à l'époque où j'avais écrit ces notes, j'étais plus sensible aux accessoires et aux paillettes et je n'allais pas à l'essentiel. Quel enfantillage de ma part d'avoir découpé, dans un magazine de 1951, une photo en couleurs des Champs-Élysées, la nuit, en été, sous prétexte que c'était l'été de 1951, à l'une des terrasses de l'avenue, qu'Ingrid avait fait la connaissance du producteur américain... J'avais joint ce document à mes notes, pour mieux suggérer l'atmosphère dans laquelle vivait Ingrid, à vingt-cinq ans. Les parasols et les chaises cannées des terrasses, l'aspect balnéaire qui était encore celui de l'avenue des Champs-Élysées, la douceur des soirs de Paris qui s'accordait si bien avec sa jeunesse à elle... Et ce nom que j'avais noté : Alexandre d'Arc, un vieux Français d'Hollywood, l'homme qui, ce soir-là, présenta Ingrid au producteur car il l'accompagnait dans tous ses voyages en Europe et il était chargé de lui faire connaître ce qu'on appelait alors de jeunes personnes...

Un autre document que j'avais cru nécessaire à la biographie d'Ingrid se trouvait parmi mes notes : une photo du producteur américain, découverte au hasard de mes recherches. Cette photo avait été prise lors d'une soirée de gala dans un casino de Floride. Des gymnastes faisaient leur numéro sur une estrade, au milieu de la salle, et tout à coup le producteur, pour briller aux yeux d'Ingrid, s'était levé de table, avait ôté son smoking, son nœud papillon et sa chemise. Torse nu, il était monté sur l'estrade, et devant les gymnastes éberlués, il avait saisi le trapèze. La photo le montrait, suspendu au trapèze, le torse gonflé, le ventre creux, les jambes en équerre. Il était de très petite taille et portait une moustache taillée à la lisière des lèvres qui me rappelait de lointains souvenirs d'enfance. Les mâchoires serrées, le torse triomphant et les jambes en équerre...

Cet homme tenait à prouver à une femme qui aurait pu être sa fille que l'on reste jeune éternellement. Quand elle me racontait cette anecdote, Ingrid avait partagé mon fou rire, au point d'avoir les larmes aux yeux. Je me demande si les larmes ne lui venaient pas à la pensée de tout le temps perdu en soirées vaines comme celle-là.

J'ai déchiré la photographie de l'avenue des Champs-Élysées et celle du producteur en morceaux très fins que j'ai brassés, avant de les éparpiller dans la corbeille de ma chambre. J'ai fait subir le même sort au feuillet où il était question de cet Alexandre d'Arc dont le nom en toc et le métier d'entremetteur m'avaient semblé, il y a dix ans, si romanesques que j'avais jugé ce comparse digne de figurer dans une biographie d'Ingrid. J'ai éprouvé un vague remords : un biographe a-t-il le droit de supprimer certains détails, sous prétexte qu'il les juge superflus ? Ou bien ont-ils tous leur importance et faut-il les rassembler à la file sans se permettre de privilégier l'un au détriment de l'autre, de sorte que pas un seul ne doit manquer, comme dans l'inventaire d'une saisie?

A moins que la ligne d'une vie, une fois parvenue à son terme, ne s'épure d'elle-même de tous ses éléments inutiles et décoratifs. Alors, il ne reste plus que l'essentiel : les blancs, les silences et les points d'orgue. J'ai fini par m'endormir en remuant dans ma tête toutes ces graves questions.

*

Le lendemain matin, dans le café à l'angle de la place et du boulevard Soult, une fille et un garçon qui n'avaient pas beaucoup plus que vingt ans étaient assis à la table voisine de la mienne, et ils m'ont souri. J'avais envie de leur adresser la parole. Je les trouvais bien assortis l'un à l'autre, lui, brun et elle, blonde. Peut-être avions-nous cette allure, Annette et moi, au même âge. Leur présence me réconfortait et ils m'ont communiqué quelque chose de leur fluide et de leur éclat puisque j'ai gardé un bon moral pendant toute la journée.

Ce garçon et cette fille m'ont fait réfléchir à ma première rencontre sur la route de Saint-Raphaël avec Ingrid et Rigaud. Je m'étais demandé pourquoi ils avaient arrêté leur voiture et m'avaient invité chez eux avec un si grand naturel. On aurait cru qu'ils me connaissaient depuis toujours. Bien sûr, j'avais passé une nuit blanche dans le train, et ma fatigue me donnait l'impression que tout était possible et que la vie n'avait plus la moindre aspérité : il suffisait de se laisser glisser sur une pente douce, de lever le bras pour qu'une voiture s'arrête et qu'on vous aide sans vous poser la moindre question. Vous vous endormiez sous les pins et à votre réveil deux yeux bleu pâle étaient fixés sur vous. Je descendais la rue de la Citadelle au bras d'Ingrid, avec la certitude que j'étais, pour la première fois de ma vie, sous la protection de quelqu'un.

Mais je n'avais pas oublié la manière dont Rigaud boitait, le plus légèrement possible, comme s'il voulait cacher une blessure, ainsi que les mots chuchotés par Ingrid dans le noir : Nous ferons semblant d'être morts. Déjà, ils devaient se sentir, l'un et l'autre, en bout de course – du moins Ingrid. Peut-être ma présence leur avait-elle été une distraction et un réconfort passager. Peut-être avais-je évoqué pour eux, fugitivement, un souvenir de jeunesse. En effet, ils s'étaient retrouvés à mon âge, sur la Côte d'Azur. Ils étaient livrés à eux-mêmes. Et orphelins. Voilà sans doute la raison pour laquelle Ingrid voulait savoir si, moi, j'avais des parents.

Je n'ai pas besoin de consulter mes notes, ce soir, dans la chambre de l'hôtel Dodds. Je me souviens de tout comme si c'était hier... Ils étaient arrivés sur la Côte d'Azur, au printemps de 1942. Elle avait seize ans et lui vingt et un. Ils ne sont pas descendus, comme moi, à la gare de Saint-Raphaël, mais à celle de Juan-les-Pins. Ils venaient de Paris et ils avaient franchi la ligne de démarcation en fraude. Ingrid portait sur elle une fausse carte d'identité au nom de Teyrsen Ingrid, épouse Rigaud, qui la vieillissait de trois ans. Rigaud avait caché dans les doublures de ses vestes et au fond de sa valise plusieurs centaines de milliers de francs.

A Juan-les-Pins, ils étaient les seuls voyageurs, ce matin-là. Un fiacre attendait devant la gare, un fiacre noir attelé d'un cheval blanc. Ils ont décidé de le prendre, à cause de leurs valises. Le cheval marchait au pas et ils longeaient le square désert de la pinède. Le cocher gardait la tête penchée vers la droite. De dos, on aurait cru qu'il s'était endormi. Au tournant de la route du Cap, la mer est apparue. Le fiacre s'est engagé dans une allée en pente. Le cocher a fait claquer son fouet et le cheval est monté au trot. Puis il s'est arrêté, par saccades, au pied de l'énorme masse blanche de l'hôtel Provençal.

« Il faut leur expliquer que nous sommes en voyage de noces », avait dit Rigaud.

*

Un seul étage de l'hôtel demeurait ouvert, et les rares clients semblaient y habiter en cachette. Avant d'y accéder, l'ascenseur traversait lentement des paliers d'ombre et de silence où il ne s'arrêterait plus jamais. A celui qui préférait emprunter l'escalier, une lampe électrique était nécessaire. La grande salle à manger demeurait close, son lustre enveloppé d'un drap blanc. Le bar lui aussi ne fonctionnait plus. Alors, on se réunissait dans un coin du hall.

La fenêtre de leur chambre, à l'arrière de l'hôtel, ouvrait sur une rue qui descendait en pente douce vers la plage. De leur balcon, ils dominaient la pinède et souvent ils voyaient le fiacre prendre le tournant de la route du Cap. Le soir, le silence était si profond que les claquements de sabots sur la route mettaient très longtemps à mourir. Ingrid et Rigaud jouaient à celui des deux qui aurait l'oreille assez fine pour entendre ces claquements de sabots, le dernier.

*

On faisait, à Juan-les-Pins, comme si la guerre n'existait pas. Les hommes portaient des pantalons de plage et les femmes des paréos aux couleurs claires. Tous ces gens avaient une vingtaine d'années de plus qu'Ingrid et que Rigaud, mais cela se remarquait à peine. Grâce à leur peau hâlée et à leur démarche sportive, ils gardaient un air de jeunesse et de fausse insouciance. Ils ne savaient pas le cours que prendraient les choses quand l'été finirait. A l'heure de l'apéritif, ils échangeaient des adresses. Est-ce qu'on obtiendrait des chambres, cet hiver, à Megève ? Certains préféraient Val-d'Isère et déjà s'apprêtaient à « réserver » au col de l'Iseran. D'autres n'avaient aucune intention de quitter la Côte d'Azur. On allait peut-être rouvrir l'Altitude 43, de Saint-Tropez, cet hôtel blanc qui ressemble à un paquebot échoué parmi les pins au-dessus de la plage de la Bouillabaisse. Là-bas, on serait à l'abri. Une angoisse fugitive se lisait sous le hâle des visages : dire qu'il faudrait sans trêve partir à la recherche d'un endroit que la guerre avait épargné et que ces oasis deviendraient de plus en plus rares... Sur la Côte, le rationnement commençait. Ne penser à rien pour ne pas perdre le moral. Ces journées oisives vous donnaient parfois la sensation d'être en résidence surveillée. On devait faire le vide dans sa tête. Se laisser doucement engourdir par le soleil et le balancement des palmiers sous la brise... Fermer les yeux. Ingrid et Rigaud vivaient au même rythme que ces gens qui oubliaient la guerre mais ils se tenaient à l'écart et évitaient de leur adresser la parole. Au début, on s'était étonné de leur jeunesse. Attendaient-ils leurs parents ? Étaient-ils en vacances ? Rigaud avait répondu qu'Ingrid et lui « étaient en voyage de noces »,

tout simplement. Et cette réponse, loin de les sur-
prendre, avait réconforté les clients du Provençal.
Si des jeunes gens partaient encore en voyage de
noces, cela voulait dire que la situation n'était pas
aussi tragique que cela et que la terre continuait
de tourner.

Le matin, ils descendaient tous les deux sur la
plage qui s'étendait en contrebas de la pinède,
entre le casino et le début de la route du Cap. La
plage privée de l'hôtel avec sa pergola et ses
cabines de bains ne fonctionnait plus « comme en
temps de paix » pour employer l'expression du
concierge du Provençal. Quelques transats et
quelques parasols restaient à la disposition des
clients. Mais il leur était interdit d'utiliser les
cabines de bains jusqu'à la fin de la guerre. Le
nouveau venu se demandait s'il n'avait pas
commis une infraction en pénétrant sur cette
plage. Il avait même un peu honte de prendre des
bains de soleil. Les premiers jours, Rigaud rassurait Ingrid, qui craignait à chaque instant qu'on ne
leur demandât ce qu'ils faisaient ici car elle subis-
sait encore le contrecoup de la vie précaire qui
avait été la sienne à Paris. Il lui avait acheté un
maillot de bain vert pâle dans une boutique de
Juan-les-Pins. Et aussi un paréo aux dessins pastel,
comme en portaient les autres femmes. Ils étaient
allongés sur un ponton et dès que le soleil avait
séché leur peau, ils plongeaient de nouveau dans
la mer. Ils nageaient vers le large puis revenaient
vers la plage, côte à côte, en faisant la planche. Au
début de l'après-midi, quand la chaleur était trop
forte, ils traversaient la route déserte et suivaient
l'allée bordée de pins et de palmiers qui menait à

l'entrée du Provençal. Souvent, à la réception, le concierge était absent. Mais Rigaud gardait leur clé au fond de la poche de son peignoir. Et c'était la montée lente dans l'ascenseur, les paliers obscurs qui défilaient, laissant deviner des couloirs silencieux et interminables, des chambres dont il ne restait sans doute que le sommier des lits. A mesure que l'ascenseur montait, l'air était plus léger, la pénombre les enveloppait de fraîcheur. Au cinquième étage, la grande porte grillagée claquait derrière eux et rien ne venait plus troubler le silence.

Ils contemplaient de leur balcon la pinède, au bord de laquelle on distinguait, sous le vert sombre, la tache blanche du casino. Et le long du mur d'enceinte de l'hôtel, la rue en pente où ne passait personne. Puis, ils fermaient les volets de la chambre – des volets vert pâle – de la même couleur que le maillot de bain d'Ingrid.

*

Le soir, ils longeaient le square de la pinède pour aller dîner dans un restaurant de Juan-les-Pins qui ignorait les restrictions. Des clients y venaient de Nice et de Cannes. Au début, Ingrid s'y sentait mal à l'aise.

Les habitués se saluaient de table à table, les hommes nouaient négligemment leur chandail sur leurs épaules, les femmes montraient leur dos bronzé et enveloppaient leur chevelure dans des foulards créoles. On surprenait des conversations en anglais. La guerre était si loin... La salle du restaurant occupait l'aile d'un bâtiment voisin du casino, et ses tables débordaient sur le trottoir. On disait que la patronne – une certaine Mlle Cotillon – avait eu des démêlés avec la justice mais qu'elle bénéficiait aujourd'hui de « protections ». Elle était très aimable et se faisait appeler, à Juan-les-Pins, la Princesse de Bourbon.

*

Ils retournaient à l'hôtel, et les nuits sans lune l'inquiétude les envahissait tous les deux. Pas un lampadaire, ni une fenêtre allumée. Le restaurant de la Princesse de Bourbon brillait encore comme si elle restait la dernière à oser braver le couvre-feu. Mais au bout de quelques pas, cette lumière disparaissait et ils marchaient dans le noir. Le murmure des conversations s'éteignait, lui aussi. Tous ces gens, dont la présence les rassurait autour des tables et qu'ils voyaient à la plage pendant la journée, leur semblaient maintenant irréels : des figurants qui faisaient partie d'une tournée théâtrale que la guerre avait bloquée à Juan-les-Pins, et qui étaient contraints de jouer leurs rôles de faux estivants sur la plage et dans le restaurant d'une fausse Princesse de Bourbon. Le Provençal lui-même, dont la masse blanche se devinait au fond des ténèbres, était un gigantesque décor en carton-pâte.

Et chaque fois qu'ils traversaient cette pinède obscure, Ingrid était secouée d'une crise de larmes.

*

Mais ils entraient dans le hall. La lumière étincelante du lustre leur faisait cligner les yeux. Le

61

concierge se tenait en uniforme derrière le bureau de la réception. Il souriait et leur tendait la clé de leur chambre. Les choses reprenaient un peu de consistance et de réalité. Ils se trouvaient dans un vrai hall d'hôtel, avec de vrais murs et un vrai concierge en uniforme. Puis, ils montaient dans l'ascenseur. Et de nouveau le doute et l'inquiétude les effleuraient quand ils appuyaient sur le bouton du cinquième, un ruban adhésif recouvrant les boutons des autres étages pour bien montrer que ceux-ci étaient condamnés.

Au terme de leur lente ascension dans l'obscurité, ils accédaient à un palier et à un couloir qu'éclairaient faiblement des ampoules nues. C'était ainsi. Ils passaient de la lumière à l'ombre et de l'ombre à la lumière. Il fallait s'habituer à ce monde où tout pouvait vaciller d'un instant à l'autre.

*

Le matin, quand ils ouvraient les volets, une lumière crue inondait la chambre. C'était exactement comme les étés d'autrefois. Le vert sombre des pins, le ciel bleu, les odeurs d'eucalyptus et de lauriers-roses de l'avenue Saramartel qui descend vers la plage... Dans la brume de chaleur, la grande façade blanche du Provençal s'élevait pour l'éternité et vous aviez l'impression que ce monument vous protégeait, si vous le contempliez du ponton, allongé, après le bain.

Il aura suffi d'un tout petit détail pour gâcher ce paysage, une tache sombre que Rigaud avait remarquée la première fois, en fin d'après-midi, sur un banc de l'une des allées de la pinède. Ils revenaient, Ingrid et lui, d'une promenade le long du boulevard du littoral. Un homme, vêtu d'un costume de ville, lisait un journal, assis sur le banc. Et contrastant avec la couleur sombre de son costume, son teint était d'un blanc laiteux, comme celui de quelqu'un qui ne s'expose jamais au soleil.

Le lendemain matin, ils étaient tous deux allongés sur le ponton. Et de nouveau Rigaud avait remarqué cette tache sombre accoudée à la balustrade du terre-plein, à gauche des escaliers qui menaient à la plage. L'homme observait les quelques personnes qui prenaient des bains de soleil. Rigaud était le seul à le voir car les autres lui tournaient le dos. Un instant, il avait voulu le montrer à Ingrid, mais il s'était ravisé. Il l'avait entraînée dans la mer, ils avaient nagé encore plus loin que d'habitude et ils étaient revenus vers le ponton en faisant la planche. Ingrid préférait rester sur la plage car le bois du ponton était brûlant. Rigaud était allé lui chercher un transat dans la galerie des cabines. Il rejoignait Ingrid qui se tenait debout au bord de l'eau, dans son maillot de bain vert clair, et il avait levé la tête vers la balustrade. Cette fois-ci, l'homme semblait épier Ingrid, en fumant une cigarette qui restait collée à ses lèvres. Son visage était toujours aussi laiteux, malgré les rayons du soleil. Et son costume plus sombre encore par contraste avec les galeries et les cabines blanches de la plage. Rigaud l'avait repéré encore une fois, à l'heure de l'apéritif, assis au fond du hall, le regard fixé sur les clients qui sortaient de l'ascenseur.

*

Jusque-là, il ne distinguait pas très bien les traits de son visage. Ce fut le même soir, dans le restaurant de la Princesse de Bourbon, qu'il eut tout loisir de le faire. L'homme était assis à une table voisine de la leur, au fond de la salle. Un visage osseux. Des cheveux blonds aux reflets roux ramenés en arrière. La peau laiteuse semblait grêlée aux pommettes. Il était vêtu de son costume de ville et il parcourait d'un œil attentif les tables où avaient pris place les habitués de l'endroit. On aurait cru qu'il voulait les recenser. Son regard a fini par s'appesantir sur Ingrid et Rigaud.

« Vous êtes en vacances ? »

Il avait tenté d'adoucir le timbre métallique de sa voix comme s'il cherchait à leur faire avouer un secret honteux. Ingrid tourna la tête vers lui.

« Pas exactement, a dit Rigaud. Nous sommes en voyage de noces.

– En voyage de noces ? »

D'une inclinaison de la tête, il exprima une feinte admiration. Puis il sortit de la poche de sa veste un fume-cigarette, y enfonça une Caporal – le paquet était sur la table –, l'alluma et aspira longuement une bouffée, ce qui lui creusa les joues.

« Vous avez de la chance d'être en voyage de noces...

– De la chance ? Vous trouvez vraiment ? »

Rigaud regretta la manière insolente dont il lui avait répondu. Il avait fixé cet homme, les yeux écarquillés, en jouant l'étonnement.

« Vu les circonstances, peu de gens de votre âge se permettent de partir en voyage de noces... »

64

De nouveau ce ton doucereux. Ingrid restait muette. Rigaud devinait qu'elle était gênée et qu'elle aurait bien voulu quitter le restaurant.

« Vous supportez bien ces cigarettes ? » demanda Rigaud à l'homme en lui désignant le paquet de Caporal, sur la table.

Un vertige. Il était trop tard pour ne pas y succomber. L'homme le considérait, en plissant les yeux. Rigaud s'entendit lui dire :

« Elles ne vous font pas mal à la gorge ? J'ai des anglaises, si vous voulez. »

Et il lui tendit un paquet de Craven.

« Je ne fume pas de cigarettes anglaises, dit l'homme avec un sourire crispé. Je n'en ai pas les moyens. »

Puis il consulta le menu, et à partir de ce moment, fit mine d'ignorer Ingrid et Rigaud. Son regard continuait à parcourir inlassablement les tables, comme s'il voulait graver dans sa mémoire le visage de chaque personne présente et prendre des notes, plus tard.

*

De retour à l'hôtel, Rigaud regretta son geste enfantin de provocation. Le paquet de Craven, il l'avait découvert dans le tiroir de la table de nuit, vide, oublié là par un client des jours fastes d'avant la guerre. Ingrid et lui se tenaient tous les deux accoudés au balcon. En bas, le toit de l'église et les pins parasols se découpaient au clair de lune. Les feuillages cachaient la terrasse du restaurant de la Princesse de Bourbon.

« Qui ça peut être, ce type ? demanda Ingrid.

– Je ne sais pas. »

S'il avait été seul, la présence de cet homme ne lui aurait inspiré aucun sentiment d'appréhension. Il n'avait jamais eu peur de rien depuis le début de la guerre, mais il avait peur pour Ingrid.

*

Souvent, la tache sombre – comme l'appelait Rigaud – demeurait invisible. On pouvait croire que le soleil de Juan-les-Pins l'avait fait se dissiper pour toujours. Malheureusement, elle réapparaissait là où l'on ne l'attendait plus. Sur la balustrade de la plage à l'heure du bain. Sur le trottoir de la route du Cap. Sur la terrasse du casino. Un soir que Rigaud s'apprêtait à prendre l'ascenseur pour rejoindre Ingrid dans la chambre, il avait entendu derrière lui une voix métallique :

« Toujours en voyage de noces ? »

Il s'était retourné. L'homme était devant lui et le caressait du regard.

« Oui. Toujours en voyage de noces. »

Il avait répondu de la manière la plus neutre possible. A cause d'Ingrid.

*

Une nuit, il s'était réveillé vers trois heures et il avait ouvert la fenêtre à cause de la chaleur étouffante. Ingrid dormait et elle avait rabattu le drap au pied du lit. Un reflet de lune éclairait son épaule et la courbure de sa hanche. Il se sentait nerveux et ne parvenait pas à retrouver le sommeil. Il se leva et sur la pointe des pieds il quitta la chambre pour tenter de se procurer un paquet de cigarettes. Les ampoules du couloir jetaient une lumière plus faible que d'habitude. Celle de l'ascenseur était éteinte, mais, en bas, le lustre brillait très fort.

Il s'apprêtait à traverser le hall quand il vit la tache sombre derrière le bureau de la réception. L'homme était seul, penché sur un registre grand ouvert, et il prenait des notes. Il ne s'était pas aperçu de la présence de Rigaud et il était encore temps pour celui-ci de faire demi-tour et de remonter à sa chambre. Mais comme l'autre soir, dans le restaurant de la Princesse de Bourbon, un vertige le saisit. Il marchait à pas lents vers le bureau de la réception. L'homme était toujours absorbé par son travail. Arrivé devant lui, Rigaud posa ses deux mains bien à plat sur le marbre. Alors, l'autre leva la tête et il eut un sourire figé.

« Je viens chercher un paquet de cigarettes, dit Rigaud.

– Des Craven, je suppose ? »

C'était le même ton doucereux que l'autre soir.

« Mais je vous dérange dans votre travail. Je reviendrai plus tard. »

Et Rigaud se penchait ostensiblement sur le carnet où l'homme inscrivait ses notes : une liste de noms qu'il avait recopiés, les noms des clients mentionnés sur le registre de l'hôtel. L'homme ferma le carnet d'un geste sec.

« A défaut de Craven, vous en prendrez bien une comme ça... »

Il lui tendait son paquet de Caporal.

« Non, merci. »

Rigaud l'avait dit d'un ton aimable. Il ne déta-

67

chait pas les yeux du grand registre de l'hôtel,
ouvert devant lui.

« Vous preniez des notes ?

– Je rassemblais quelques renseignements. Et
pendant que je travaille, vous, vous êtes en voyage
de noces... »

Comme l'autre soir, il enveloppait Rigaud d'un
regard caressant. Et son sourire découvrit une
dent en or.

Rigaud avait baissé la tête. Devant lui, la tache
sombre du costume. Un costume fripé. Du col de
la chemise marron tombait une cravate noire,
trop petite. L'homme avait allumé une cigarette.
Des cendres se déposaient sur les revers de sa
veste. Il sentait brusquement une drôle d'odeur –
un mélange de tabac, de sueur et de parfum à la
violette.

« Je suis vraiment désolé d'être en voyage de
noces, dit Rigaud. Mais c'est comme ça... Et ça ne
peut pas être autrement... »

Puis il lui tourna le dos et traversa le hall en
direction de l'ascenseur. Quand il fut devant la
grille de celui-ci, il considéra l'homme, là-bas, au
bureau de la réception. L'autre le fixait, lui aussi.
Et sous le regard insistant de Rigaud, il finit par
reprendre son travail, en y mettant le plus de naturel possible. Il feuilletait le registre de l'hôtel, et
de temps en temps, écrivait quelque chose sur son
carnet – sans doute le nom d'un client qui lui avait
échappé.

*

Dans la chambre, Ingrid dormait toujours.
Rigaud s'assit au pied du lit et contempla ce visage

lisse et enfantin. Il savait qu'il ne retrouverait plus le sommeil.

Il vint s'appuyer au rebord du balcon. De là il pouvait encore veiller sur elle. La joue gauche d'Ingrid reposait contre son bras tendu. Sa main flottait dans le vide. Il entendit les claquements de sabots qui annonçaient le passage du fiacre et il se demanda s'il n'était pas victime d'une illusion. Pourquoi ce fiacre, si tard ? Le bruit se rapprochait et il se pencha au balcon dans l'espoir de voir passer le cheval blanc. Mais un bouquet de pins cachait le tournant de la route du Cap.

Les claquements de sabots s'éloignaient et il ne pouvait pas jouer avec Ingrid à qui les entendrait le dernier. Il ferma les yeux. Maintenant, les claquements étaient presque imperceptibles, là-bas, sur la route. Ils allaient s'éteindre et plus rien ne troublerait le silence. Il s'imagina à côté d'Ingrid, dans le fiacre qui suivait cette route. Il se penchait vers le cocher et lui demandait quel était le but du voyage, mais celui-ci s'était endormi. Ingrid aussi. Sa tête avait basculé sur son épaule et il sentait son souffle au creux du cou. Il n'y avait plus que lui et le cheval blanc qui demeuraient éveillés. Lui, l'angoisse l'empêchait de dormir. Mais le cheval blanc ? S'il s'arrêtait brusquement au milieu de la route, en pleine nuit ?

*

Le lendemain matin, ils prenaient un bain de soleil sur le ponton, et de temps en temps, Rigaud levait la tête en direction de la balustrade qui dominait la plage pour vérifier si la tache sombre ne s'y trouvait pas. Mais non. Elle s'était volatilisée. Pour combien de temps ? A quel moment, à quel endroit de Juan-les-Pins réapparaîtrait-elle ?

Ingrid avait oublié dans la chambre le grand chapeau de plage qui la protégeait du soleil.

« Je vais le chercher, a dit Rigaud.

– Mais non. Reste.

– Si. J'y vais. »

C'était un prétexte pour quitter un instant la plage sans éveiller l'inquiétude d'Ingrid. Il voulait vérifier si l'homme ne se tenait pas aux alentours. Il se sentirait plus détendu s'il pouvait le localiser. Mais celui-ci n'était pas dans les jardins ni dans le hall de l'hôtel. Le chapeau de plage à la main, Rigaud fit un détour par la rue de l'Oratoire qui rejoignait la pinède. Le soleil était accablant et il suivait le trottoir de l'ombre. A une dizaine de mètres devant lui, marchait un homme de grande taille, le dos légèrement voûté. Il reconnut le concierge de l'hôtel.

Le chapeau de plage ressemblait à ceux que portait sa mère il y a dix ans. Ingrid l'avait acheté dans une boutique, près du casino, où il ne restait plus que ce chapeau en vitrine : quelqu'un – peut-être sa mère – l'avait oublié à Juan-les-Pins, à la fin d'un été, comme le paquet de Craven vide qu'il avait découvert au fond du tiroir.

Le concierge marchait lentement devant lui et il ne voulait pas le dépasser. Il se souvenait de la villa, sur la route du Cap, où sa mère l'emmenait quelquefois visiter une amie américaine. Ces jours-là, ils partaient de Cannes après le déjeuner. Il avait entre dix et douze ans. La visite chez l'Américaine durait jusqu'au soir. Beaucoup de monde

70

dans le salon et sur l'estacade en contrebas. Tous ces gens s'intéressaient au ski nautique et l'Américaine avait été la première femme à le pratiquer. Il se rappelait avec précision l'un des invités : un homme bronzé, aux cheveux blancs, le corps aussi sec que celui d'une momie et grand amateur, lui aussi, de ski nautique. Sa mère lui disait, chaque fois, en lui désignant cet invité : « Va dire bonjour à M. Bailby », avant de l'abandonner dans le jardin où il jouait seul tout l'après-midi. De mauvais souvenirs. Ils lui étaient revenus à cause du concierge qui marchait devant lui. Il le rattrapa et lui posa une main sur l'épaule. L'autre se retourna, étonné, et lui sourit :

« Vous êtes un client de l'hôtel, si je ne me trompe ? »

Une impulsion poussait Rigaud vers cet homme. Il se sentait si désemparé depuis la veille, il craignait si fort qu'il pût arriver malheur à Ingrid, qu'il était prêt à s'accrocher à n'importe quelle bouée de secours.

« Je suis le fils de Mme Paul Rigaud... »

La phrase lui avait échappé et il eut envie de rire. Pourquoi invoquer sa mère, brusquement, cette femme si peu maternelle qui l'abandonnait des journées entières dans le jardin de la villa et, un soir, l'y avait même oublié ? Plus tard, quand il crevait de faim et de froid dans un collège des Alpes, la seule chose qu'elle avait cru bon de lui envoyer, c'était une chemise de soie.

« Vous êtes vraiment le fils de Mme Paul Rigaud ? »

L'autre le contemplait comme s'il était le prince de Galles.

« Mais il fallait me le dire plus tôt, monsieur, que vous étiez son fils... »

Le concierge avait redressé la taille et paraissait si ému que Rigaud eut le sentiment d'avoir prononcé une formule magique. Il se demanda s'il n'avait pas choisi pour refuge Juan-les-Pins car cet endroit était lié à son enfance. Une enfance triste, mais protégée, dans un monde qui croyait encore à sa pérennité ou qui était trop frivole pour penser à l'avenir. Ainsi, sa mère, cette pauvre évaporée... Elle n'aurait vraiment rien compris à la guerre, ni au Juan-les-Pins fantomatique d'aujourd'hui où l'on vivait au marché noir avec de faux papiers dans ses poches. Et voilà qu'il se servait d'elle en dernier recours.

« J'ai gardé un tel souvenir de Mme Paul Rigaud... Elle venait retrouver ses amis, ici, à Juan... Et vous, vous êtes son fils... »

Il l'enveloppait d'un regard protecteur. Rigaud était sûr que cet homme pouvait l'aider.

« Je voudrais vous demander un conseil, bredouilla-t-il. Je suis dans une situation délicate...

– Nous serons mieux ici pour parler. »

Il l'entraînait sous la voûte d'un grand bâtiment blanc dont Rigaud voyait du balcon de leur chambre les toits et les cours de récréation désertes : l'École Saint-Philippe. Ils débouchèrent sur l'une des cours de récréation que terminait un préau et le concierge le guida jusqu'à un platane, en bordure de la cour. Il lui désigna le banc, au pied du platane :

« Asseyez-vous. »

Il s'assit à côté de Rigaud.

« Je vous écoute. »

Cet homme avait l'âge d'être son grand-père, des cheveux blancs et de longues jambes qu'il croisa l'une sur l'autre. Et l'allure d'un Anglais ou d'un Américain.

« Voilà..., commença Rigaud d'une voix hésitante. Je suis venu ici de Paris avec une jeune fille...

– Votre femme, si je ne me trompe ?

– Ce n'est pas ma femme... Je lui ai procuré de faux papiers... Il fallait qu'elle quitte Paris...

– Je comprends... »

Et si tout cela n'était qu'un mauvais rêve ? Comment la guerre pouvait-elle avoir un semblant de réalité lorsqu'on se trouvait assis sous le platane d'une cour de récréation, dans le calme provincial d'un début d'après-midi ? Au fond, les salles de classe, et à côté de soi un homme aux cheveux blancs et à la voix affectueuse qui garde un souvenir ému de votre mère. Et le chant rassurant et monotone des grillons.

« Vous ne pouvez plus rester à l'hôtel, lui dit le concierge. Mais je vais vous trouver un autre refuge...

– Vous croyez vraiment que nous ne pouvons plus rester ? murmura Rigaud.

– La semaine prochaine, il y aura des descentes de police dans tous les hôtels de la Côte. »

Un chat se glissa par la porte entrebâillée de l'une des salles de classe, traversa le préau et vint se pelotonner au milieu d'une flaque de soleil. Et l'on entendait toujours le chant des grillons.

« Nous avons déjà été contrôlés par un homme venu spécialement de Paris.

– Je sais, dit Rigaud. Un homme en costume sombre. Vous croyez qu'il est toujours là ?

– Malheureusement, dit le concierge. Il circule entre Cannes et Nice. Il demande à vérifier tous les registres d'hôtels. »

Rigaud avait posé à côté de lui, sur le banc, le chapeau de plage d'Ingrid. Elle devait s'inquiéter de ne pas le voir revenir. Il aurait voulu qu'elle fût avec eux dans cette cour de récréation où l'on se sentait en sécurité. Là-bas, le chat dormait au milieu de la flaque de soleil.

« Vous ne croyez pas que nous pourrions nous cacher ici ? » demanda Rigaud.

Et il désigna au concierge les salles de classe et le premier étage du bâtiment occupé sans doute par des dortoirs.

« J'ai une meilleure cachette pour vous, dit le concierge. La villa d'une Américaine que fréquentait beaucoup Madame votre mère autrefois. »

*

Sur le chemin de la plage, Rigaud réfléchissait à ce qu'il allait dire à Ingrid. Il lui cacherait que des descentes de police étaient prévues pour la semaine prochaine et lui expliquerait simplement qu'une amie de sa mère lui prêtait une villa. Sa mère... Par quelle ironie du sort réapparaissait-elle dans sa vie d'une façon aussi insistante, alors que sa présence lui avait toujours manqué quand celle-ci eût été nécessaire ? Et maintenant qu'elle était morte, c'était comme si Mme Paul Rigaud voulait se faire pardonner et effacer tous les torts qu'elle avait eus envers lui.

La plage était déserte. On n'avait même pas replié les quelques transats qui demeuraient face à la mer. Il ne restait plus qu'Ingrid. Elle prenait un bain de soleil sur le ponton.

« J'ai rencontré le concierge du Provençal, dit Rigaud. Il nous a trouvé une villa. L'hôtel va fermer bientôt. »

Ingrid s'était assise au bord du ponton, les jambes dans le vide. Elle avait mis le grand chapeau qui lui cachait le visage.

« C'est drôle, a-t-elle dit. Ils sont tous partis en même temps. »

Rigaud ne détachait pas les yeux des transats vides.

« Ils font certainement la sieste... »

Mais il savait très bien que les autres jours, à la même heure, il y avait encore du monde sur la plage.

« On se baigne ? dit Ingrid.

– Oui. »

Elle avait ôté son chapeau et l'avait posé sur le ponton. Ils plongèrent, tous les deux. La mer était aussi étale qu'un lac. Ils nagèrent la brasse, une cinquantaine de mètres. Rigaud leva légèrement la tête en direction de la plage et du ponton. Le grand chapeau d'Ingrid faisait une tache rouge sur le bois foncé. C'était le seul signe d'une présence humaine, dans les parages.

*

Vers cinq heures de l'après-midi, ils quittèrent la plage et Rigaud voulut trouver un journal. Ingrid s'en étonna. Depuis leur arrivée à Juan-les-Pins, ils n'avaient pas lu un seul journal, sauf un magazine de cinéma qu'Ingrid achetait chaque semaine.

Mais le marchand de journaux était fermé. Et dans la rue Guy-de-Maupassant tous les magasins avaient déjà baissé leurs stores. Ils étaient les seuls à marcher sur le trottoir. Ils firent demi-tour.

« Tu ne trouves pas que c'est bizarre ? demanda Ingrid.

– Non... Pas du tout..., dit Rigaud en s'efforçant de prendre un ton détaché. La saison est finie... Et nous ne nous en sommes pas aperçus...

– Pourquoi voulais-tu acheter un journal ? Il s'est passé quelque chose ?

– Non. »

Le square de la pinède, lui aussi, était désert. Et sur le terrain où, d'habitude, se disputaient des parties de pétanque, pas un seul joueur : les habitants de Juan-les-Pins avaient-ils eux aussi quitté leur ville, comme les estivants ?

Devant l'entrée du Provençal, le fiacre au cheval blanc était à l'arrêt et le cocher achevait de charger une pile de valises. Puis il monta à sa place et fit claquer son fouet. Le cheval, d'un pas encore plus lent qu'à l'ordinaire, commença à descendre l'allée de l'hôtel. Ingrid et Rigaud restèrent un moment immobiles, sur le seuil, pour entendre décroître le claquement des sabots.

Rigaud éprouva une appréhension qu'Ingrid devait partager puisqu'elle lui dit :

« Il va peut-être y avoir un tremblement de terre... »

Et tout autour d'eux la lumière du soleil approfondissait le silence.

Personne, dans le hall de l'hôtel. A cette heure-là, les clients étaient assis aux tables du fond pour l'apéritif, et lorsque Ingrid et Rigaud rentraient de la plage, un murmure de conversations les accueillait.

Le concierge se tenait derrière le bureau de la réception.

«Vous pouvez encore passer une nuit ici. Demain, je vous installe dans la villa.

– Il ne reste plus que nous? demanda Rigaud.

– Oui. Les autres sont partis après le déjeuner. A cause d'un article, hier, dans un journal de Paris... »

Il se tourna vers les casiers où pendaient quelques clés désormais inutiles.

«Je vous ai changés de chambre, dit le concierge. C'est plus prudent... Vous êtes au premier étage... Je vous monterai un dîner tout à l'heure...

– Vous avez cet article? demanda Rigaud.

– Oui. »

Cette fois-ci ils empruntèrent l'escalier et suivirent le couloir qu'éclairait une veilleuse, jusqu'à la chambre 116. Les stores des fenêtres étaient baissés mais le soleil filtrait quand même et dessinait au sol de minces rectangles de lumière. Il ne restait que le sommier du lit. Rigaud s'approcha de l'une des fenêtres et déplia le journal que lui avait donné le concierge. Le titre de l'article, en première page, lui sauta aux yeux: «Le Ghetto parfumé... Bottin mondain des hôtels de la Côte d'Azur. » Une liste de noms au début de l'article.

Le sien n'y était pas, à cause de sa consonance française.

« Qu'est-ce qu'ils disent, dans l'article? demanda Ingrid.

– Rien d'intéressant... »

Il plia le journal et l'enfonça dans le tiroir de la table de nuit. D'ici quelques années, quand la guerre serait finie et que l'hôtel connaîtrait de nouveau son animation d'autrefois, un client découvrirait ce journal comme lui, Rigaud, avait trouvé le paquet de Craven vide. Il vint s'allonger à côté d'Ingrid sur le sommier, et la serra contre lui. Ce n'était même plus la peine de fixer à la poignée extérieure de la porte le panneau qui traînait sur la table de nuit : « Ne pas déranger. »

*

Il dormait d'un sommeil agité. Il se réveillait brusquement et s'assurait qu'Ingrid était bien allongée à côté de lui sur le sommier. Il avait voulu fermer la porte à clé, mais c'était une précaution inutile : le concierge lui avait donné un passe-partout qui ouvrait les portes de communication entre les chambres de l'hôtel.

Des hommes guidés par la tache sombre pénétraient dans le hall et ils allaient se livrer à une descente de police. Mais il n'avait aucune crainte pour Ingrid. Ces hommes suivaient les couloirs des cinq étages avec des lampes électriques qui trouaient à peine l'obscurité. Et il leur faudrait ouvrir, les unes après les autres, les deux cent cinquante chambres de l'hôtel, pour vérifier si elles étaient occupées ou non.

Il entendait le claquement régulier des portes aux étages supérieurs. Les claquements se rapprochaient, des éclats de voix lui parvenaient : la tache sombre et les autres se trouvaient maintenant à leur étage. Il serrait le passe-partout dans sa main. Dès qu'il les entendrait ouvrir la porte de la chambre voisine de la leur, il réveillerait Ingrid et ils se glisseraient dans la chambre suivante. Et ce jeu du chat et de la souris se poursuivrait à travers toutes les chambres de l'étage. Les autres n'avaient vraiment aucune chance de les retrouver, car ils seraient blottis tous les deux au fond des ténèbres du Provençal.

De nouveau, il s'éveilla, en sursaut. Pas un bruit. Pas le moindre claquement de porte. Les stores des fenêtres laissaient passer la lumière du jour. Il se retourna vers Ingrid. La joue appuyée contre le bras, elle dormait de son sommeil d'enfant.

*

Au bout de l'allée bordée de palmiers, la villa dressait sa façade de style médiéval que surmontait une tourelle. A l'époque où il accompagnait sa mère ici, Rigaud lisait Walter Scott et les châteaux d'*Ivanhoé* ou de *Quentin Durward*, il les imaginait semblables à cette villa. Il s'était étonné, la première fois, que l'Américaine ou que « M. Bailby » ne fussent pas habillés comme les personnages qui figuraient sur les illustrations de ces livres.

Le concierge voulut d'abord leur montrer le jardin.

« Je le connais par cœur », dit Rigaud.

Il aurait pu marcher les yeux fermés le long des

allées. Là, c'était le puits et les fausses ruines romaines, et la grande pelouse taillée à l'anglaise qui contrastait avec les pins parasols et les lauriers-roses. Et là, au bord de la pelouse, sa mère l'avait oublié, un soir, et elle était retournée à Cannes sans lui.

« Vous serez à l'abri, ici. »

Le concierge parcourait du regard le jardin. Rigaud tâchait de surmonter son malaise en serrant le bras d'Ingrid. Il avait la désagréable impression de revenir au point de départ, sur les lieux de son enfance pour laquelle il n'éprouvait aucune tendresse, et de sentir la présence invisible de sa mère, alors qu'il avait réussi à oublier cette malheureuse : elle n'était liée pour lui qu'à de mauvais souvenirs. Ainsi, il lui faudrait de nouveau rester des heures et des heures prisonnier de ce jardin... Il en eut froid dans le dos. La guerre lui jouait un mauvais tour en le contraignant à réintégrer cette prison qu'avait été son enfance et à laquelle il avait échappé depuis longtemps. Voilà que la réalité ressemblait aux cauchemars qu'il faisait régulièrement : c'était la rentrée des classes dans le dortoir du collège...

« Je ne pouvais pas vous procurer un abri plus sûr », répétait le concierge.

Il tentait de se raisonner : sa mère était morte, il était un adulte, maintenant.

« Quelque chose vous préoccupe ? » demanda le concierge.

Ingrid lui lançait, elle aussi, un regard interrogatif.

« Non. Non. Rien du tout.

— A quoi tu pensais ? demanda Ingrid.

80

– A rien. »

Il suffisait d'entendre la voix d'Ingrid et de croiser son regard pour que le passé tombe en poussière, avec ses pauvres accessoires : une mère futile, une Américaine championne de ski nautique, les cheveux blancs et la peau bronzée de M. Bailby, et les invités prenant des cocktails, en bas, au bord de l'estacade. Comment toutes ces choses fanées pouvaient-elles encore lui causer du souci ?

Il marchait aux côtés d'Ingrid dans ce jardin maintenant minuscule, en comparaison de celui de son enfance : une forêt où il avait toujours peur de se perdre et de ne plus retrouver le chemin du château.

« Maintenant, je vais vous faire visiter la villa... »

Et il fut surpris de constater combien la villa elle aussi lui paraissait de taille modeste à côté du château des romans de Walter Scott qu'il gardait en mémoire. Ce n'était donc que cela...

*

Ils choisirent la chambre de la tourelle à cause de ses murs blancs. Au premier étage, la chambre de l'Américaine était plus spacieuse mais les boiseries sombres, le lit à baldaquin et les meubles Empire lui donnaient un aspect funèbre. Ils se tenaient le plus souvent dans le salon du rez-de-chaussée qui s'ouvrait par une véranda sur le jardin et sur la mer. Tout un mur de ce salon était occupé par une bibliothèque dont ils avaient décidé de lire les ouvrages un par un, dans l'ordre où ils étaient rangés sur les rayonnages.

Rigaud évitait le jardin. Mais les jours de soleil, ils descendaient par l'escalier de pierre jusqu'à l'estacade. Ils se baignaient et s'allongeaient sur le ponton d'où jadis avaient lieu les départs en ski nautique. Dans un garage creusé à même le rocher, dormaient le hors-bord et les paires de skis. Est-ce qu'on les utiliserait encore, avant qu'ils ne soient pourris?

Les premiers temps, le concierge du Provençal déconseillait à Rigaud et à Ingrid de sortir de la villa. C'était lui qui assurait le ravitaillement. Il avait accompagné Rigaud à la mairie d'Antibes où il avait pu obtenir, grâce à l'un de ses amis, un « certificat de travail » stipulant que M. et Mme Rigaud étaient les gardiens de la villa Saint-Georges, sise boulevard Baudoin, à Juan-les-Pins, Alpes-Maritimes. Il n'avait fait, en somme, que remplir sa mission, puisque l'Américaine l'avait chargé de veiller sur la villa en son absence. Elle avait placé celle-ci sous la protection de l'ambassade d'Espagne. Rigaud, qui, jusque-là, avait ignoré les diplômes universitaires, les papiers administratifs, les fiches d'identité et les certificats de bonne conduite, avait demandé au concierge de lui procurer toutes les attestations qui permettraient de mettre Ingrid définitivement à l'abri de la police française. Ainsi portait-il toujours sur lui le certificat de travail au nom de M. et Mme Rigaud et une lettre officielle déclarant que la villa était sous le contrôle direct de l'ambassade d'Espagne à Vichy. Par conséquent, ils se trouvaient en terrain neutre et la guerre ne les concernait plus, Ingrid et lui.

Pour plus de prudence, il avait décidé de se marier religieusement avec Ingrid. La seule preuve de leur mariage civil était les faux papiers d'Ingrid au nom de « Madame Rigaud ». Mais il n'y avait jamais eu de mariage civil. Le mariage religieux fut célébré un samedi d'hiver dans l'église de Juan-les-Pins. Le prêtre était un ami du concierge et leurs témoins furent le concierge et l'homme de la mairie qui leur avait fourni le certificat de travail. Le repas de noces se déroula dans le salon de la villa. Le concierge était allé à la cave chercher une bouteille de champagne et l'on trinqua en l'honneur des nouveaux mariés. Rigaud ajouta aux autres papiers qu'il portait sur lui le certificat de son mariage religieux avec Ingrid.

*

Ils tenaient avec conscience leur rôle de gardiens et faisaient régulièrement le ménage dans la villa. Ils traquaient le moindre grain de poussière, encaustiquaient les meubles, lavaient les vitres. Rigaud prenait soin du hors-bord et des skis nautiques. L'Américaine et M. Bailby les retrouveraient intacts, s'ils n'étaient pas trop vieux, elle et lui, pour les utiliser encore après la guerre. Oui, la guerre finirait. Ça ne pouvait pas durer comme ça. Tout reviendrait dans l'ordre. C'est la loi de la nature. Mais il fallait rester vivants jusque-là. Vivants. Et ne pas attirer l'attention. Être le plus discrets possible. Ils avaient renoncé définitivement à marcher dans les rues désertes de Juan-les-

Pins. Quand ils se baignaient, ils ne nageaient pas à plus d'une cinquantaine de mètres de l'estacade pour éviter qu'on ne les repérât du rivage.

Ingrid eut le temps de dévorer tous les romans de Pierre Benoit dont les volumes de maroquin rouge occupaient un rayonnage. Chacun d'eux portait sur sa page de garde une dédicace affectueuse pour l'Américaine. Puis elle s'attaqua aux œuvres complètes d'Alexandre Dumas, reliées de vert émeraude. Elle en lisait des passages à Rigaud qui repeignait la véranda avec les dernières boîtes de Ripolin trouvées au marché noir.

Le soir, ils allumaient le grand poste de T.S.F. du salon. Chaque fois, à la même heure, un speaker au timbre métallique donnait des nouvelles de la guerre sous la forme d'un éditorial. En l'écoutant, Rigaud était convaincu que la guerre finirait bientôt. Cette voix n'avait pas d'avenir, on le devinait à sa sonorité de plus en plus métallique. C'était déjà une voix d'outre-tombe. On l'entendrait encore un peu, tant que durerait la guerre et puis elle s'éteindrait du jour au lendemain.

Un soir d'hiver qu'ils l'écoutaient dans la demi-pénombre du salon, Rigaud demanda à Ingrid :

« Ça ne te rappelle rien ?

— Non.

— C'est la voix du type roux en complet sombre que nous avons rencontré l'année dernière au restaurant... Je suis sûr que c'est lui...

— Tu crois ? »

A mesure que la guerre glissait vers son dénouement, le speaker martelait de plus en plus fort ses phrases et les répétait sans cesse. Le disque s'enrayait. La voix s'éloignait, elle était étouffée par des brouillages et se détachait quelques secondes avec netteté avant de se perdre de nouveau. Le soir du débarquement des troupes américaines à quelques dizaines de kilomètres de la villa, Ingrid et Rigaud parviendraient encore à discerner le timbre métallique du speaker perdu dans un sifflement de parasites. La voix chercherait en vain à lutter contre cette tempête qui la recouvrait. Une dernière fois, avant de se noyer, elle se détacherait dans une phrase martelée comme un cri de haine ou un appel au secours.

*

C'était à l'heure du dîner qu'ils entendaient le speaker et la voix avait perdu pour eux toute réalité. Elle n'était plus qu'un bruit de fond qui se mêlait à la musique des orchestres et aux chansons de ce temps-là.

Les jours, les mois, les saisons, les années passaient, monotones, dans une sorte d'éternité. Ingrid et Rigaud se souvenaient à peine qu'ils attendaient quelque chose, qui devait être la fin de la guerre.

Parfois, elle se rappelait à eux et troublait ce que Rigaud avait appelé leur voyage de noces. Un soir de novembre, des bersagliers prirent possession au pas de course de Juan-les-Pins. Quelques mois plus tard, ce furent les Allemands. Ils construisaient des fortifications le long du rivage et rôdaient autour de la villa. Il fallait éteindre les lumières et faire semblant d'être morts.

De nouveau, je suis allé contempler les éléphants dont on ne se lasse jamais.

Une brise légère atténuait la chaleur. J'ai marché jusqu'à l'enceinte du zoo que borde, vers Saint-Mandé, une avenue du bois de Vincennes, et là, je me suis assis sur un banc. De grands arbres dont les feuillages vous protègent. Et un pin parasol.

J'ai fini par m'allonger sur le banc. Et je me suis demandé si je me lèverais de moi-même au moment où le zoo fermerait ses portes ou bien si j'attendrais que le gardien me prie de quitter les lieux. J'ai éprouvé la tentation de ne plus retourner dans ma chambre de l'hôtel Dodds et de me laisser glisser sur cette pente qui était peut-être la mienne, après tout : devenir un clochard.

J'étais bien. Parfois j'entendais le barrissement d'un éléphant. Je ne quittais pas des yeux le feuillage vert sombre du pin parasol qui se détachait sur le ciel. Juan-les-Pins. Moi aussi, je m'étais retrouvé dans cet endroit, il y a longtemps, l'été de mes vingt et un ans. Mais j'ignorais encore qu'Ingrid et que Rigaud y avaient vécu. J'avais fait leur connaissance l'été précédent et comme je ne les avais plus revus depuis, je les avais oubliés.

C'était Cavanaugh qui m'avait entraîné à Juan-les-Pins à cause d'un festival de jazz. Nous n'avions pas encore clairement conscience de nos vocations d'explorateurs. Cavanaugh était amoureux de la sœur d'un pianiste noir et il était devenu le chauffeur d'un autre musicien dont le nom suffit pour dissiper mon cafard : Dodo Marmarosa.

Je voudrais que ce pin parasol, à la lisière du zoo et de Saint-Mandé, soit mon intercesseur et me transmette quelque chose du Juan-les-Pins de cet été-là, où je marchais, sans le savoir, sur les traces d'Ingrid et de Rigaud. Nous aussi, nous allions nous baigner, en contrebas du casino. Et de là, nous voyions se détacher à l'aube l'énorme façade du Provençal. Nous n'habitions pas cet hôtel, mais un autre, plus modeste, dans une rue très bruyante.

Nous ne vivions que la nuit. Je ne garde aucun souvenir de Juan-les-Pins, le jour. Sauf à l'instant fugitif du lever du soleil. Les visages qui nous entouraient sont si nombreux qu'ils se confondent sans que je puisse discerner celui de Dodo Marmarosa. Les orchestres jouaient dans la pinède et, le même été, j'ai fait la connaissance d'Annette. En ce temps-là, je crois que j'étais heureux.

J'avais donc prévu de changer d'hôtel tous les huit jours et de les choisir dans ces quartiers périphériques de Paris que je fréquentais autrefois. Du Dodds, porte Dorée, je comptais me transporter à l'hôtel Fieve, avenue Simon-Bolivar. Je devais partir ce soir mais je n'ai pas demandé ma note. Moi qui avais parcouru tant de kilomètres entre les divers continents, la perspective d'un trajet en métro de la porte Dorée aux Buttes-Chaumont m'a fait peur. Après huit jours porte Dorée, j'ai craint de me sentir dépaysé, là-bas. Peut-être aurai-je le courage de partir demain matin. Mais vraiment, j'appréhendais une arrivée avenue Simon-Bolivar à la nuit tombante et une coupure trop brutale avec les habitudes que j'avais prises ici, porte Dorée

Alors, je suis allé dîner, comme les jours précédents, dans le café du boulevard Soult. Avant de rentrer à l'hôtel, j'ai marché le long de l'enceinte du zoo jusqu'au pin parasol.

J'ai laissé la fenêtre grande ouverte, j'ai éteint la lumière et je me suis allongé sur le lit, les bras croisés derrière la tête. Je me suis attaché à cette chambre, et c'est pour cela que j'hésite à partir. Mais j'envisage une autre solution : faire, chaque jour, un voyage dans un quartier différent de la périphérie. Puis rentrer ici. Au besoin, découcher de temps en temps avec, pour tout bagage, mes notes sur la vie d'Ingrid. Une nuit au Fieve, avenue Simon-Bolivar. Une nuit à l'hôtel Gouin, près de la porte de Clichy... Mais en sachant que le Dodds reste mon domicile fixe et que ce quartier de la porte Dorée est désormais ma base. Il faudrait que je paye à l'avance ma chambre pour plusieurs semaines. Ainsi, je rassurerais le propriétaire du Dodds qui doit se méfier de moi – je le devine quand nous nous croisons dans le couloir de l'entrée – car je n'ai pas l'air d'un touriste habituel.

Oui, passer de temps en temps une nuit dans un autre quartier pour rêver à celui que l'on a quitté. A l'hôtel Fieve, par exemple, je m'allongerai sur le lit de ma chambre, comme maintenant, et je croirai entendre, de loin, les barrissements des éléphants du zoo. Dans tous ces endroits, personne ne pourra jamais me retrouver.

*

Je me trompais. Hier, au début de l'après-midi, j'avais décidé de visiter l'ancien musée des Colonies. A la sortie de l'hôtel, il suffit de traverser la place aux fontaines et l'on arrive devant la grille basse en fer forgé, les marches et le perron monumental du musée. A l'instant où je prenais mon ticket au guichet de l'entrée, j'ai cru reconnaître, perdue dans le hall central, au

89

milieu des touristes et d'une colonie de vacances, la silhouette de Ben Smidane. Je me suis empressé de traverser le hall en me faufilant à travers les groupes de visiteurs et j'ai débouché dans une grande pièce d'angle où l'on pouvait admirer le bureau du maréchal Lyautey. Quelqu'un, derrière moi, a posé sa main sur mon épaule.

« Alors, Jean, on visite les musées ? »

Je me suis retourné. Ben Smidane. Il me souriait, d'un sourire gêné. Il était vêtu d'un costume beige d'été très élégant et d'un polo bleu ciel.

« Quelle drôle de coïncidence, ai-je dit d'un ton mondain. Je ne pensais pas vous rencontrer ici.

– Moi non plus. Je croyais que vous étiez parti à Rio de Janeiro.

– Eh bien non, figurez-vous. »

Je n'avais parlé à personne depuis une dizaine de jours et j'avais fourni un effort considérable pour prononcer cette seule phrase. Je me demandais si je parviendrais à en prononcer une autre. La salive se séchait dans ma bouche.

« Je savais bien que vous n'étiez pas à Rio. »

Il voulait visiblement me mettre à l'aise et je lui en étais reconnaissant. Plus besoin de lui donner de longues explications. Je me suis concentré et j'ai réussi à articuler :

« On se lasse de tout, même de Rio.

– Je comprends », a dit Ben Smidane.

Mais je devinais qu'il ne comprenait rien du tout.

« Jean, il faut que je vous parle. »

Il esquissait un geste pour me prendre par le bras et m'entraîner en douceur comme s'il se méfiait de mes réactions.

90

« Vous n'avez pas l'air très rassuré, Ben. Vous avez peur que je ne me conduise mal dans le bureau de Lyautey?

– Pas du tout, Jean... »

Il jetait un regard autour de lui et le ramenait sur moi. On aurait cru qu'il évaluait le moyen le plus rapide de me ceinturer au milieu du flot des visiteurs, s'il me prenait une crise de folie furieuse.

« Vous vous plaisez bien à l'hôtel Dodds? »

Il m'avait fait un clin d'œil. Sans doute voulait-il m'amadouer. Mais comment savait-il que j'habitais le Dodds?

« Venez, Jean. Il faut absolument que nous parlions. »

Nous nous sommes retrouvés sur la place aux fontaines.

« Nous prenons un verre? lui ai-je demandé. A la cafétéria du zoo?

– Vous fréquentez le zoo? »

Je lisais dans ses pensées. Pour lui, je n'étais pas dans mon état normal.

Le soleil tapait très fort et je ne me sentais plus le courage de marcher jusqu'au zoo.

« Je connais un café, plus près, au coin du boulevard. Il n'y a jamais personne et il y fait très, très frais... »

Nous étions les seuls clients. Il a commandé un expresso. Moi aussi.

« Je viens vous voir de la part d'Annette, m'a-t-il dit.

– Ah oui? Comment va-t-elle? »

J'avais feint l'indifférence.

« Vous devez vous demander par quels moyens j'ai réussi à vous trouver? Voilà. »

Il me tendit un bout de papier chiffonné sur lequel je lus :

Hôtel Gouin ? Hôtel de la Jonquière ? Quietud's (rue Berzélius).
Hôtel Fieve.
Hôtel du Point du Jour.
Hôtel Dodds ? Hôtel des Bégonias (rue de Picpus).

« Vous aviez oublié ça dans votre bureau, cité Véron. Annette l'a trouvé l'autre soir. Elle a tout de suite compris. »
J'avais en effet griffonné ces noms avant mon faux départ pour Rio.
« Et vous m'avez découvert du premier coup ?
– Non. Pendant quatre jours, j'ai traîné autour des autres hôtels.
– Je suis désolé pour vous.
– Annette m'a dit qu'elle connaissait tous ces hôtels.
– Oui. Nous les fréquentions beaucoup, il y a vingt ans.
– Elle m'a chargé de vous remettre ceci. »
Sur l'enveloppe, il était écrit : POUR JEAN, et j'ai retrouvé l'une des qualités que j'admirais le plus chez ma femme : sa grande et belle écriture d'illettrée.

Chéri,

Je m'ennuie de toi. Cavanaugh ne me quitte pas d'une semelle et je suis obligée de t'envoyer cette lettre en cachette. Tu peux faire confiance à Smidane et lui laisser un message pour moi. Je veux

92

te voir. J'essayerai d'être, tous les jours, cité Véron vers sept heures. Téléphone-moi. Sinon, je te téléphone, quand je saurai l'hôtel où tu es. Je pourrais venir te retrouver là-bas, comme on faisait il y a longtemps. Je le ferai en cachette de Cavanaugh. Je ne dis à personne que tu es encore vivant.

Je t'aime, mon chéri.

Annette

J'ai glissé la lettre dans ma poche.

« Vous avez un message à lui transmettre ? m'a demandé Ben Smidane, anxieux.

– Non. »

Le front de Ben Smidane se plissait dans une expression studieuse et enfantine.

« Jean, votre attitude me déconcerte. »

Il semblait avide de comprendre et si déférent à mon égard – j'étais son aîné, après tout – qu'il m'a ému.

« C'est très simple. J'éprouve une certaine lassitude de ma vie et de mon métier. »

Il buvait mes paroles en hochant gravement la tête.

« Vous êtes encore trop jeune, Ben, pour avoir cette sensation. On commence dans l'enthousiasme et dans un esprit d'aventure et au bout de quelques années, cela devient un métier et une routine... Mais je ne veux pas vous décourager. Je suis vraiment le dernier à pouvoir donner des leçons.

– Vous ne vous rendez pas compte, Jean... Nous avons cru que vous aviez disparu définitivement... »

Il hésita quelques secondes avant d'ajouter :
« Que vous étiez mort...
– Et après ? »
Il me fixait d'un regard consterné.
« Vous ne savez pas à quel point Annette vous aime... Dès qu'elle a trouvé le bout de papier avec le nom des hôtels, elle a repris goût à la vie...
– Et Cavanaugh ?
– Elle m'a bien recommandé de vous dire que Cavanaugh n'a jamais compté pour elle. »
J'éprouvais un dégoût soudain à entendre évoquer ma vie privée, et une gêne envers Ben Smidane de le voir mêlé à cela.
« A votre âge, il faut surtout que vous pensiez à vous et à votre avenir, Ben. »
Il avait l'air étonné qu'en de telles circonstances, je m'intéresse à lui. Pourtant, j'aurais aimé qu'il me parle de cette expédition qu'il préparait dans l'océan Indien à la recherche de l'épave d'un galion hollandais, et qu'il me fasse partager ses rêves et ses illusions.
« Et vous ? m'a-t-il demandé. Vous comptez rester longtemps ici ? »
Il me désignait d'un geste navré, du bras, le boulevard Soult derrière la vitre du café :
« Alors, je peux dire à Annette de venir vous voir ?
– Dites-lui qu'elle ne vienne pas tout de suite... Elle ne me trouverait pas... Il ne faut pas brusquer les choses. »
De nouveau, il plissait le front, de la même manière studieuse que tout à l'heure. Il essayait de comprendre. Il ne voulait pas me contrarier.
« Qu'elle me laisse un message téléphonique ou

un petit mot de temps en temps. Cela suffira pour le moment. Un simple message... Ou une lettre... Ici, à l'hôtel Dodds... ou à l'hôtel Fieve... Ou dans les autres hôtels qui figurent sur la liste... Elle les connaît tous...

– Je le lui dirai...

– Et vous, Ben, n'hésitez pas à venir me voir pour me parler de vos projets puisque vous êtes le seul avec Annette à savoir que je suis encore vivant... Mais que cela reste entre nous. »

*

Ben Smidane s'est éloigné en direction de l'avenue Daumesnil et j'ai remarqué un phéno-mène qui se produit rarement pour un homme : plusieurs femmes se sont retournées sur son pas-sage.

J'étais de nouveau seul. Bien sûr, je m'attendais à recevoir, d'ici peu, un message d'Annette. Mais j'avais la certitude qu'elle ne viendrait pas à l'improviste. Elle me connaissait trop bien. Depuis vingt ans, elle avait été à bonne école avec moi pour apprendre l'art de se cacher, d'éviter les importuns, ou de fausser compagnie aux gens : placards où l'on se dissimule en dernier recours, fenêtres que l'on enjambe, escaliers de service ou sorties de secours que l'on emprunte en catastrophe, escaliers roulants que l'on dévale en sens inverse... Et tous ces voyages lointains que j'avais entrepris non pour satisfaire une curiosité ou une vocation d'explorateur, mais pour fuir. Ma vie n'avait été qu'une fuite. Annette savait qu'elle ne devait pas brusquer les choses : à la moindre alerte, je risquais de disparaître – et cette fois-ci pour de bon.

Mais je serais ému de recevoir, de temps en temps, un message d'elle, dans tous ces lieux où nous avions vécu autrefois, et que je retrouve aujourd'hui. Ils n'ont pas beaucoup changé. Pourquoi, vers dix-huit ans, ai-je quitté le centre de Paris et rejoint ces régions périphériques? Je me sentais bien dans ces quartiers, j'y respirais. Ils étaient un refuge, loin de l'agitation du centre, et un tremplin vers l'aventure et l'inconnu. Il suffisait de traverser une place ou de suivre une avenue et Paris était derrière soi. J'éprouvais une volupté à me sentir à la lisière de la ville, avec toutes ces lignes de fuite... La nuit, quand les lampadaires s'allumaient place de la porte de Champerret, l'avenir me faisait signe.

Voilà ce que j'essayais d'expliquer à Annette qui s'étonnait que je veuille habiter si loin. Elle avait fini par comprendre. Ou elle avait fait semblant. Nous avions vécu dans plusieurs hôtels aux portes de Paris. Je consacrais mes journées à de vagues activités d'achat et de revente de livres anciens, mais c'était elle qui gagnait le plus d'argent : deux mille francs par mois de salaire comme mannequin chez L., une illustre maison de couture, rue du Faubourg-Saint-Honoré. Ses collègues avaient toutes quinze ans de plus qu'elle et ne le lui pardonnaient pas.

Je me souviens que la cabine des mannequins était reléguée au fond d'une arrière-cour. Il fallait souvent qu'Annette soit « de permanence » toute la journée au cas où une cliente viendrait choisir une robe. Et elle devait éviter les croche-pieds, les coups de griffes et de talons aiguilles des autres mannequins car c'était toujours elle qui portait, aux collections, la robe de mariée.

Nous avions habité l'hôtel Dodds quelques semaines mais depuis tout ce temps j'ai oublié le numéro de notre chambre. Celle que j'occupe aujourd'hui? En tout cas, ma position n'a pas changé : je suis étendu sur le lit, les bras croisés derrière la nuque et je contemple le plafond. Je l'attendais ainsi, le soir, quand elle était « de permanence » à la maison de couture. Nous allions au restaurant et ensuite au cinéma. Et je ne peux m'empêcher – greffier incorrigible que je suis – de dresser une liste approximative de quelques endroits que nous fréquentions :

ORNANO 43
Chalet Édouard
Brunin-Variétés
Chez Josette de Nice
Delta
La Carlingue
Danube Palace
Petit Fantasio
Restaurant Coquet
Cinéma Montcalm
Haloppé

Tout à l'heure, au moment de rentrer à l'hôtel, j'ai eu la sensation d'être dans un rêve. J'allais me réveiller cité Véron. Annette dormirait encore. Je serais revenu dans la vie réelle. Je me rappellerais brusquement que nous devions dîner avec Cavanaugh, Wetzel et Ben Smidane. Ou bien ce serait le 14 juillet et nous recevrions tous nos amis sur la terrasse. Annette se réveillerait à son tour et, me trouvant un drôle d'air, me demanderait : « Tu as fait un cauchemar ? » Je lui raconterais tout : le faux départ pour Rio, l'aller-retour Milan-Paris, ma visite de l'appartement comme si je n'étais plus qu'un fantôme, ma surprise qu'elle se soit enfermée dans la chambre avec Ben Smidane, les longs après-midi passés au zoo et autour de la porte Dorée, en caressant le projet d'émigrer vers les autres quartiers de la périphérie que nous avions connus elle et moi, il y a vingt ans. Et d'y rester pour toujours. Annette me dirait :

« Tu fais de drôles de rêves, Jeannot... »

Je me suis pincé le bras. J'ai secoué la tête. J'ai écarquillé les yeux. Mais je n'ai pas pu me réveiller. Je restais immobile sur cette place, en contemplant l'eau des fontaines et les groupes de touristes qui entraient dans l'ancien musée des Colonies. J'ai voulu marcher jusqu'au grand café de l'avenue Daumesnil, m'asseoir à la terrasse, parler avec mes voisins pour dissiper ce sentiment d'irréalité. Mais cela augmenterait encore mon malaise : si j'engageais la conversation avec des inconnus, ils me répondraient dans une autre langue que la mienne. Alors, en dernier recours, j'ai pensé téléphoner à Annette de ma chambre de l'hôtel Dodds. Non. De cette chambre que nous avions peut-être occupée il y a vingt ans, je ne parviendrais pas à la joindre, la communication serait brouillée par toutes ces années accumulées les unes sur les autres. Il valait mieux que je demande un jeton au comptoir du premier café et que je compose le numéro dans la

98

cabine. J'y ai renoncé. Là aussi, ma voix serait si lointaine qu'elle ne l'entendrait pas.

Je suis rentré à l'hôtel. J'espérais y trouver un message d'Annette, mais il n'y en avait aucun. Alors, je me suis dit qu'elle me téléphonerait, et que seule cette sonnerie du téléphone dans ma chambre pouvait interrompre mon rêve. J'ai attendu sur le lit. J'ai fini par m'endormir et j'ai rêvé pour de bon : Une nuit d'été, très chaude. J'étais à bord d'une voiture décapotable. Je sentais la présence du conducteur mais je ne distinguais pas son visage. Du centre de Paris, nous roulions vers le quartier de la porte d'Italie. Par moments, il faisait jour, nous n'étions plus dans la voiture, et nous marchions à travers de petites rues semblables à celles de Venise ou d'Amsterdam. Nous traversions une prairie vallonnée à l'intérieur de la ville. La nuit, de nouveau. La voiture suivait lentement une avenue déserte et mal éclairée proche de la gare d'Austerlitz. Le nom : gare d'Austerlitz était l'un de ces mots qui vous accompagnent dans votre sommeil et dont la résonance et le mystère se volatilisent le matin lorsque vous vous réveillez. Nous arrivions enfin sur un boulevard périphérique qui descendait en pente douce et où je remarquais des palmiers et des pins parasols. Quelques lumières aux fenêtres des grands immeubles. Puis des zones de pénombre. Les immeubles laissaient place à des entrepôts et au mur d'enceinte d'un stade... Nous nous engagions dans une rue bordée d'une palissade et de feuillages qui cachaient le remblai d'une voie ferrée. Et sur la palissade demeuraient encore les affiches des cinémas du quartier. Cela

faisait si longtemps que nous n'étions plus revenus dans ces parages...

*

J'ai guetté pendant quelques jours un message
d'Annette. En vain. Je sortais le moins possible de
ma chambre. Un soir, vers sept heures, je n'ai
plus éprouvé le besoin d'attendre. Son silence ne
m'inquiétait plus. Peut-être voulait-elle que je
fasse le premier pas, mais cela était improbable,
me connaissant comme elle me connaît.

J'ai descendu l'escalier de l'hôtel et je me sentais délivré d'un poids. Je marchais vers la brasserie de l'avenue Daumesnil où j'avais décidé de
dîner pour changer un peu mes habitudes. Je me
suis mis à penser à Rigaud. Je savais d'avance
qu'il ne cesserait d'occuper mon esprit le lendemain et les autres jours. S'il était vivant à Paris, il
suffisait de prendre le métro et de lui rendre
visite, ou même de composer sur un cadran de
téléphone huit chiffres pour entendre sa voix.
Mais je ne croyais pas que cela fût aussi simple.

Après le dîner, je suis allé consulter dans la
cabine téléphonique de la brasserie l'annuaire de
Paris. Il datait de huit ans. J'ai relu avec une plus
grande attention que je ne l'avais fait la première
fois la longue liste des Rigaud. Je me suis arrêté
sur un Rigaud dont le prénom n'était pas mentionné. 20, boulevard Soult. 307-75-28. Les numéros de téléphone, cette année-là, ne comportaient
encore que sept chiffres. 307, c'était l'ancien indi-
catif DORIAN. J'ai noté l'adresse et le numéro.

De tous les autres Rigaud qui figuraient sur les

pages de l'annuaire, pas un ne me semblait le bon, à cause de leur profession ou de leur adresse à Paris, ou de cette simple indication : M. et Mme Rigaud. Ce qui m'avait frappé, c'était l'absence de prénom et l'adresse du boulevard Soult.

Je suis sorti de la brasserie avec l'intention de marcher jusqu'au 20, boulevard Soult. Le soleil avait disparu et le ciel était encore bleu. Avant que les lampadaires ne s'allument, je profiterais de cet instant, celui de la journée que je préfère. Plus tout à fait le jour. Pas encore la nuit. Un sentiment de trêve et de calme vous envahit et c'est le moment de prêter l'oreille à des échos qui viennent de loin.

Le 20, boulevard Soult formait un groupe d'immeubles en profondeur, auxquels on accédait par une allée latérale. J'avais craint que le nom : Rigaud ne fût celui d'un magasin, mais je n'en remarquais pas à cette adresse. Les fenêtres de l'immeuble de façade ne s'étaient pas encore allumées. J'hésitais à m'aventurer dans l'allée latérale de crainte qu'un locataire ne me demandât ce que je faisais là. Bien sûr, je pouvais toujours lui dire : « Je cherche M. Rigaud. »

Je me suis contenté de m'asseoir sur le banc, à la hauteur du numéro 20. Les lampadaires se sont allumés. Je ne quittais pas des yeux la façade de l'immeuble, et l'entrée de l'allée latérale. Au premier étage, une seule fenêtre était éclairée maintenant, ses deux battants ouverts à cause de la chaleur. Quelqu'un habitait ce petit appartement que j'imaginais composé de deux pièces vides. Rigaud ?

J'ai pensé à tous les récits de voyages auxquels

je m'étais laissé prendre, adolescent, et en particulier à celui qu'un Anglais avait écrit : il y rendait compte des mirages dont il avait été la victime lors de ses traversées du désert. Sur la couverture du livre une photo le montrait en costume de Bédouin, entouré par un groupe d'enfants d'une oasis. Et j'ai eu envie de rire. Pourquoi aller si loin, alors que vous pouvez connaître la même expérience à Paris, assis sur un banc du boulevard Soult? Ces deux fenêtres éclairées derrière lesquelles je me persuadais de la présence de Rigaud, n'était-ce pas un mirage aussi fort que celui qui vous éblouit en plein désert?

*

Le lendemain matin, vers dix heures, je suis revenu au 20, boulevard Soult. J'ai franchi la porte d'entrée de l'immeuble de façade. A gauche, un petit écriteau était suspendu à la poignée de la porte de la loge du concierge. Il y était écrit : « Prière de vous adresser à la station-service, 16, boulevard Soult. »

Devant la pompe à essence de celle-ci, deux hommes parlaient, l'un vêtu d'une salopette bleue, l'autre d'une chemise blanche et d'un pantalon gris, le premier de type kabyle, l'autre les cheveux blancs ramenés en arrière, les yeux bleus et le teint couperosé. Il paraissait soixante-dix ans et le Kabyle une vingtaine d'années plus jeune.

« Vous désirez quelque chose? »

C'était le Kabyle en salopette bleue qui m'avait posé la question.

102

« Je cherche le concierge du numéro 20.

– C'est moi. »

L'homme aux cheveux blancs me saluait d'une inclinaison très brève de la tête, sa cigarette au coin des lèvres.

« Je voulais juste un renseignement... Au sujet d'un M. Rigaud... »

Il marquait un temps de réflexion.

« Rigaud? Qu'est-ce que vous lui voulez exactement? »

Il tenait sa cigarette entre ses doigts, le bras en suspens.

« Je voudrais le voir. »

Son regard fixe me mettait mal à l'aise. Le Kabyle lui aussi me considérait avec curiosité.

« Mais cela fait une éternité qu'il n'habite plus ici... »

Il me gratifiait d'un sourire indulgent, comme s'il était en présence d'un simple d'esprit.

« L'appartement est inhabité depuis au moins trente ans... Je ne sais même pas si ce M. Rigaud existe encore... »

Le Kabyle en salopette bleue paraissait tout à fait indifférent au sort de Rigaud. A moins qu'il ne feignît de ne pas écouter nos propos par discrétion.

« D'ailleurs, je préfère ne rien savoir... J'ai l'impression que l'appartement est à moi... J'ai la clé et c'est moi qui fais le ménage...

– Vous avez connu ce M. Rigaud? ai-je demandé, le cœur battant.

– Oui... Savez-vous depuis quand je suis concierge ici? »

Il bombait légèrement le torse en nous dévisageant tour à tour, le Kabyle et moi.

« Dites un chiffre... »

L'autre haussait les épaules. Je restais muet.

Il se rapprochait et venait presque se coller à moi.

« Vous me donnez quel âge ? »

Il bombait toujours le torse et me regardait droit dans les yeux.

« Dites un chiffre...

– Soixante ans.

– J'en ai soixante-quinze, monsieur. »

Il s'écartait de nous, après cette révélation, comme pour vérifier l'effet produit. Mais le Kabyle demeurait impassible. Je me forçais à dire :

« Vous faites vraiment beaucoup plus jeune... Et ce Rigaud, vous l'avez connu quand ?

– En 1942.

– Il habitait seul ici ?

– Non. Avec une jeune fille.

– J'aimerais bien visiter l'appartement.

– Il vous intéresse ?

– C'est vraiment une coïncidence. Je croyais qu'un M. Rigaud louait un appartement ici... J'ai dû mal lire le nom et l'adresse dans les annonces du journal.

– Vous cherchez à louer un appartement dans le quartier ?

– Oui.

– Et l'appartement de Rigaud vous intéresserait ?

– Pourquoi pas ?

– Vous le loueriez jusqu'en février ? Je ne peux pas vous le laisser pour moins longtemps... Je le loue toujours pour six mois au minimum...

– Alors, jusqu'en février.

– Vous êtes d'accord pour me payer de la main à la main?

– D'accord. »

Le Kabyle en salopette bleue m'avait tendu un paquet de cigarettes avant d'en allumer une. Il suivait distraitement la conversation. Peut-être était-il habitué, depuis longtemps, à de telles discussions au sujet du loyer de l'appartement de Rigaud.

« Je veux du liquide, bien sûr... Combien seriez-vous prêt à payer?

– Ce que vous voulez », lui ai-je dit.

Ses yeux bleus se plissaient. Ses deux mains serraient les revers du col de sa chemise :

« Dites un chiffre... »

*

L'appartement était au deuxième étage de l'immeuble de façade et ses fenêtres ouvraient sur le boulevard Soult. Un couloir donnait accès à la cuisine où, dans un coin, l'on avait aménagé une douche, puis à une petite chambre vide dont les volets métalliques étaient clos, enfin à ce qu'on pouvait appeler la chambre du fond, assez spacieuse, meublée de deux lits jumeaux à barreaux de cuivre, rapprochés l'un de l'autre. Contre le mur opposé, une armoire à glace.

Le concierge a refermé la porte d'entrée et je me suis retrouvé seul. Il m'avait promis de revenir plus tard pour m'apporter une lampe à huile, car l'électricité était coupée depuis longtemps. Le téléphone aussi. Mais il les ferait rétablir dans un très bref délai.

La chaleur était étouffante et j'ai ouvert la fenêtre. Le bruit des voitures sur le boulevard et les rayons de soleil qui illuminaient la chambre ont projeté cet appartement dans le présent. Je me suis accoudé à la fenêtre. En bas, les autos et les camions s'arrêtaient au feu rouge. Un boulevard Soult différent de celui que Rigaud et Ingrid avaient connu, et pourtant le même, les soirs d'été ou les dimanches quand il était désert. Mais oui, j'avais la certitude qu'ils avaient habité là quelque temps, avant leur départ pour Juan-les-Pins. Ingrid y avait fait allusion la dernière fois que je l'avais vue toute seule à Paris. Nous parlions de ces quartiers périphériques que je fréquentais à l'époque – je crois qu'elle m'avait demandé où j'habitais – et elle m'avait dit qu'elle aussi les connaissait bien, car elle y avait vécu avec son père, rue de l'Atlas, près des Buttes-Chaumont. Et même avec Rigaud, dans un petit appartement. Elle s'était trompée d'adresse. Elle m'avait dit boulevard Davout au lieu de boulevard Soult.

J'ai ouvert l'un après l'autre les battants de l'armoire mais à l'intérieur il ne restait plus que des cintres. Le soleil qui se reflétait dans les glaces m'a fait cligner des yeux. Rien sur les murs dont la peinture beige s'écaillait par endroits, sauf une marque au-dessus des lits qui indiquait qu'un tableau ou un miroir avait été suspendu là. De chaque côté des lits, une table de nuit de bois clair recouverte d'une plaque de marbre, comme dans les chambres d'hôtel. Les rideaux étaient couleur lie-de-vin.

J'ai voulu ouvrir le tiroir de l'une des tables de

nuit, mais celui-ci résistait. Je suis parvenu à forcer la serrure avec la clé de mon appartement de la cité Véron. Une vieille enveloppe marron dans le tiroir. Le timbre portait la mention : État français. L'adresse était écrite à l'encre bleue : M. Rigaud, 3, rue de Tilsitt, Paris 8ᵉ, mais celle-ci était rayée et on avait ajouté à l'encre noire : 20, boulevard Soult, Paris 12ᵉ. L'enveloppe contenait un feuillet tapé à la machine.

Le 18 janvier 1942

AVIS AUX LOCATAIRES

L'hôtel particulier actuellement à usage de maison de rapport, place de l'Étoile avec entrée rue de Tilsitt, 3, sera mis prochainement en vente publique.

Pour plus amples informations, les locataires sont priés de s'adresser à Mᵉ Giry, avoué, 78, boulevard Malesherbes et à la Direction des Domaines, 9, rue de la Banque, Paris.

De nouveau, j'avais l'impression d'être dans un rêve. Je tâtais l'enveloppe, je relisais l'adresse, je demeurais un long moment les yeux fixés sur le nom : Rigaud, dont les lettres restaient les mêmes. Puis j'allais à la fenêtre vérifier si les voitures passaient toujours le long du boulevard Soult, les voitures et le boulevard Soult d'aujourd'hui. L'envie me prenait de téléphoner à Annette pour entendre sa voix. Au moment de décrocher le combiné, je me suis souvenu que la ligne était coupée.

Le même plaid écossais recouvrait chacun des

lits jumeaux. Je me suis assis à l'extrémité de l'un d'eux, face à la fenêtre. Je tenais l'enveloppe à la main. Oui, c'était bien ce que m'avait raconté Ingrid. Mais souvent, l'on rêve aux lieux et aux situations dont quelqu'un vous a parlé et s'y ajoutent d'autres détails. Ainsi, cette enveloppe. Avait-elle existé dans la réalité? Ou n'était-ce qu'un objet qui faisait partie de mon rêve? En tout cas, le 3 de la rue de Tilsitt avait été le domicile de la mère de Rigaud, et l'endroit où Rigaud habitait au moment où il avait fait la connaissance d'Ingrid: elle m'avait dit sa surprise quand Rigaud l'avait emmenée dans cet appartement où il vivait seul, pour quelques semaines encore, et le sentiment de sécurité que lui avaient inspiré les meubles anciens, les tapis qui étouffaient les pas, les tableaux, les lustres, les boiseries, les rideaux de soie et le jardin d'hiver...

Dans le salon, ils n'avaient pas allumé la lumière, à cause du couvre-feu. Ils étaient restés quelques instants devant l'une des portes-fenêtres à regarder la grande tache de l'Arc de Triomphe, plus sombre que la nuit, et la place que la neige rendait phosphorescente.

*

« Vous vous étiez endormi? »

Il était entré dans la chambre, sans que je l'entende venir, une lampe à huile à la main. La nuit était tombée et j'étais allongé sur le lit.

Il a posé la lampe sur la table de nuit.

« Vous vous installez tout de suite dans l'appartement?

108

« – Je ne sais pas encore.

– Je vous donne une paire de draps, si vous voulez. »

La lampe projetait des ombres sur les murs, et j'aurais pu croire que mon rêve continuait si j'avais été seul. Mais la présence de cet homme me semblait bien réelle. Et sa voix sonnait, très claire. Je me levai.

« Vous avez déjà des couvertures... »

Il me désignait les plaids écossais qui recouvraient les lits.

« Ils ont appartenu à M. Rigaud? ai-je demandé.

– Certainement. C'est la seule chose qui est restée ici, à part les lits et l'armoire.

– Alors, il vivait ici avec une femme?

– Oui. Je me souviens qu'ils habitaient là quand il y a eu le premier bombardement sur Paris... Tous les deux, ils ne voulaient pas descendre à la cave... »

Il vint s'accouder à côté de moi, à la fenêtre. Le boulevard Soult était désert et il y soufflait une brise.

« Vous aurez le téléphone, dès le début de la semaine prochaine... Heureusement, l'eau n'est pas coupée et j'ai fait réparer la douche dans la cuisine.

– C'est vous qui entretenez l'appartement?

– Oui. Je le loue de temps en temps pour me faire un peu d'argent de poche. »

Il aspirait une longue bouffée de cigarette.

« Et si M. Rigaud revenait? » lui ai-je demandé.

Il contemplait le boulevard, en bas, d'un air songeur.

« Après la guerre, je crois qu'ils habitaient dans

le Midi... Ils venaient rarement à Paris... Et puis, elle a dû le quitter... Il est resté seul... Pendant une dizaine d'années je le voyais encore de temps en temps. Il faisait des séjours ici... Il venait chercher son courrier... Et puis, je ne l'ai plus revu... Et je ne crois pas qu'il reviendra. »

Le ton grave sur lequel il avait prononcé cette dernière phrase m'a surpris. Il fixait un point, là-bas, de l'autre côté du boulevard.

« Les gens ne reviennent plus. Vous ne l'avez pas remarqué, monsieur?

– Si. »

J'avais envie de lui demander ce qu'il entendait par là. Mais je me suis ravisé.

« Au fait, dites-moi si vous avez besoin de draps?

– Je ne vais pas encore passer la nuit ici. J'ai toutes mes affaires à l'hôtel Dodds.

– Si vous cherchez quelqu'un demain pour votre déménagement, nous sommes là, moi et mon ami garagiste.

– Je n'ai presque pas de bagages.

– La douche marche bien, mais il n'y a pas de savon. Je peux vous en monter tout à l'heure. Et même du dentifrice...

– Non, je vais passer encore une nuit à l'hôtel...

– Comme vous voulez, monsieur. Il faut que je vous donne la clé. »

Il sortit de la poche de son pantalon une petite clé jaune qu'il me tendit.

« Ne la perdez pas. »

Était-ce la même clé dont se servaient, il y a longtemps, Ingrid et Rigaud?

« Maintenant, je vais vous quitter. Je suis de

110

garde à la station-service pour aider mon ami.
Vous pouvez me joindre là-bas... »

Il me serra la main d'un mouvement sec.

« Je vous laisse la lampe à huile. Ce n'est pas la
peine de m'accompagner. Je sais me diriger dans
le noir. »

Il referma doucement la porte de la chambre
derrière lui. Je me penchais à la fenêtre. Je le vis
sortir de l'immeuble et se diriger à pas lents et
feutrés vers la station-service. J'avais remarqué
tout à l'heure qu'il portait des chaussons. Sa chemise blanche et son pantalon beige ajoutaient
une note balnéaire à la nuit.

Il avait rejoint le Kabyle à la salopette bleue et
ils s'étaient assis sur des chaises, à proximité de la
pompe à essence. Et ils devaient fumer tran-
quillement. Moi aussi, je fumais. J'avais éteint la
lampe à huile et le bout rougeoyant de ma cigarette se reflétait dans l'armoire à glace.

Il y aurait encore de belles soirées comme
celles-là où l'on disposerait des chaises sur le
trottoir pour prendre le frais. Je devais profiter de
ce répit avant que les premières feuilles ne
tombent.

*

C'est à la même époque de l'année, un soir de
la fin de juillet, que j'ai rencontré Ingrid pour la
dernière fois. J'avais accompagné Cavanaugh à la
gare des Invalides. Il s'envolait pour le Brésil où
je devais le rejoindre un mois plus tard. Nous
commencions à exercer le métier d'explorateur
et je n'aurais jamais pu prévoir qu'un jour, je

ferais semblant de partir pour le même pays et
que je viendrais me réfugier dans un hôtel du
douzième arrondissement.

Il est monté dans le car à destination d'Orly et
je me suis retrouvé seul, sans très bien savoir à
quoi occuper la soirée. Annette passait quelques
jours à Copenhague chez ses parents. Nous habitions à cette époque une chambre de la grande
maison du Club des Explorateurs, à Montmartre.
Je n'avais pas envie de rentrer tout de suite là-bas
car il faisait encore jour.

J'ai marché au hasard dans un quartier que je
connaissais mal. Je ferme les yeux et je tente de
reconstituer mon itinéraire. J'ai traversé l'Espla-
nade et contourné les Invalides pour atteindre
une zone qui me semble, avec le recul des
années, encore plus déserte que le boulevard
Soult, dimanche dernier. De larges avenues
ombragées. Les rayons du soleil couchant
s'attardent sur le haut des immeubles.

Quelqu'un marche à une dizaine de mètres
devant moi. Il n'y a personne d'autre sur le trottoir de cette avenue qui borde l'École militaire.
Les murs de celle-ci donnent au quartier l'appa-
rence d'une très lointaine et très ancienne ville
de garnison à travers laquelle cette silhouette de
femme avance d'un pas hésitant, comme si elle
était ivre...

J'ai fini par la rattraper et j'ai jeté sur elle un
œil furtif quand je suis arrivé à sa hauteur. Je l'ai
tout de suite reconnue. Cela faisait juste trois ans
que je les avais rencontrés pour la première fois
dans le Midi, elle et Rigaud... Elle ne m'a pas
prêté la moindre attention. Elle continuait de

112

marcher, le regard absent, la démarche incertaine et je me suis demandé si elle savait vraiment où elle allait. Elle s'était sans doute égarée dans ce quartier, le long des avenues rectilignes qui se ressemblent toutes en cherchant vainement un point de repère, un taxi, ou une station de métro.

Je me suis rapproché d'elle, mais elle n'avait pas encore remarqué ma présence. Nous avons marché côte à côte quelques instants sans que j'ose lui adresser la parole. Elle a fini par tourner la tête vers moi.

« Je crois que nous nous connaissons », ai-je dit.

J'ai senti qu'elle faisait un effort sur elle-même. Il devait être du même ordre que celui qui vous est nécessaire pour parler d'une voix distincte à votre interlocuteur quand la sonnerie du téléphone a interrompu votre sommeil.

« Nous nous connaissons ? »

Elle fronçait les sourcils et me considérait de ses yeux gris.

« Vous m'avez pris sur la route de Saint-Raphaël... Je faisais de l'auto-stop...

– La route de Saint-Raphaël... ? »

C'était comme si, des profondeurs, elle remontait peu à peu à la surface.

« Mais oui... Je m'en souviens...

– Vous m'aviez emmené dans votre villa du côté de la plage de Pampelonne... »

J'avais l'impression de l'aider à reprendre pied. Elle a eu un léger sourire.

« Mais oui... Il n'y a pas très longtemps de cela...

- Trois ans.

– Trois ans... J'aurais pensé que cela faisait moins longtemps... »

Nous étions immobiles, au milieu du trottoir, l'un en face de l'autre. Je cherchais une phrase pour la retenir. Elle allait poursuivre son chemin après m'avoir dit une formule de politesse. C'est elle qui a rompu le silence :

« Et vous restez à Paris au mois de juillet? Vous ne partez pas en vacances?

– Non.

– Vous ne faites plus d'auto-stop? »

Une expression ironique passait dans ses yeux.

« Si vous faisiez de l'auto-stop ici, vous ne risqueriez pas de trouver beaucoup de clients... »

Elle me désignait l'avenue, devant nous.

« C'est le désert... »

J'étais sans doute la première personne à qui elle adressait la parole depuis plusieurs jours. Et il me semble, à vingt ans de distance, qu'elle se trouvait dans la même situation que moi, ce soir, boulevard Soult.

« Vous pourriez peut-être m'aider à traverser ce désert », m'a-t-elle dit.

Elle me souriait et marchait d'un pas plus ferme que tout à l'heure.

« Comment va votre mari? »

A peine l'avais-je formulée, que cette phrase m'a paru saugrenue.

« Il est en voyage... »

Elle m'avait répondu d'un ton sec, et j'ai compris que je ne devais plus aborder ce sujet.

« J'ai quitté le Midi... J'habite depuis quelques mois dans ce quartier... »

Elle levait son visage vers moi et je lisais de

l'inquiétude dans ses yeux gris. Et puis de la gentillesse et de la curiosité à mon égard.

« Et vous? Est-ce que vous connaissez ce quartier?

– Pas beaucoup.

– Alors, nous en sommes au même point.

– Vous habitez tout près d'ici?

– Oui. Dans un grand immeuble de bureaux, au dernier étage... J'ai une belle vue mais il y a trop de silence dans cet appartement... »

Je suis resté sans rien dire. La nuit tombait.

« Je vous retiens..., m'a-t-elle dit. Vous avez peut-être quelque chose à faire...?

– Non.

– Je vous inviterais bien à dîner chez moi, mais je n'ai rien à manger. »

Elle hésitait. Elle fronçait les sourcils.

« On pourrait peut-être essayer de trouver un café ou un restaurant ouvert... »

Et elle regardait droit devant elle l'avenue déserte et les rangées d'arbres, à perte de vue, dont les feuillages avaient pris une teinte sombre, juste après le coucher du soleil.

*

Bien des années plus tard, Cavanaugh a loué un minuscule appartement dans ce quartier, et il y habite encore aujourd'hui. Ce soir, peut-être s'y trouve-t-il avec Annette. Il doit faire chaud dans les deux petites pièces encombrées de masques nègres et océaniens et Annette est sortie un moment pour prendre l'air. Elle marche, le long de l'avenue Duquesne. Il n'est pas impossible

qu'elle pense à moi et qu'elle éprouve la tentation de venir me rejoindre porte Dorée, là où
Ingrid et Rigaud ont habité du temps des bom-
bardements. C'est ainsi que nous déambulons
toujours dans les mêmes endroits à des moments
différents et malgré la distance des années, nous
finissons par nous rencontrer.

Un restaurant était ouvert, avenue de Lowen-
dal, à une centaine de mètres de l'immeuble où
habiterait Cavanaugh. Depuis, je suis souvent
passé devant ce restaurant et moi qui m'étais
familiarisé avec le quartier, à cause de Cavanaugh, je retrouvais chaque fois le sentiment que
j'avais ressenti auprès d'Ingrid, ce soir-là, d'être
dans une autre ville que Paris, mais une ville dont
on ne saurait pas le nom.

*

« Ce sera très bien ici... »

Elle me désignait l'une des tables d'un geste
autoritaire qui me surprit. Je me rappelais sa
démarche hésitante quand je l'avais vue seule, de
dos, sur le trottoir.

Le restaurant d'un hôtel. Un groupe de Japonais attendaient, pétrifiés, au milieu du couloir
de la réception, avec leurs bagages. Le décor de
la salle était résolument moderne : murs de laque
noire, tables de verre, banquettes de cuir, spots
lumineux au plafond. Nous étions face à face, et
derrière la banquette où elle était assise, des poissons phosphorescents tournaient dans un grand
aquarium.

Elle consultait la carte.

116

« Il faut vous nourrir... Vous avez besoin de prendre des forces à votre âge...

– Vous aussi, lui ai-je dit.

– Non... Je n'ai pas faim. »

Elle a commandé pour moi une entrée et un plat et pour elle une salade verte.

« Vous buvez quelque chose ? a-t-elle demandé.

– Non.

– Vous ne buvez pas d'alcool ? Est-ce que je peux en prendre, moi ? »

Elle me lançait un regard anxieux, comme si je n'allais pas lui accorder cette permission.

« Vous pouvez », lui ai-je dit.

Elle a levé la tête vers le maître d'hôtel.

« Alors... Une bière... »

On aurait cru qu'elle se décidait brusquement à faire une chose honteuse ou défendue.

« Ça m'évite de boire du whisky ou d'autres alcools... Je prends juste un peu de bière... »

Elle s'efforçait de sourire. J'ai senti qu'elle éprouvait une gêne vis-à-vis de moi.

« Je ne sais pas ce que vous en pensez, m'a-t-elle dit, mais j'ai toujours trouvé que ce n'était pas une boisson pour une femme... »

Cette fois-ci, son regard exprimait plus que de l'anxiété, une détresse. Et j'en étais tellement surpris, que je ne parvenais pas à trouver une parole réconfortante. J'ai fini par dire :

« Je crois que vous vous trompez... Je connais beaucoup de femmes qui boivent de la bière...

– Ah oui ? Vous en connaissez beaucoup ? »

Son sourire et son regard ironiques me rassuraient : tout à l'heure, quand je l'avais surprise, sur le trottoir de l'avenue, je me demandais si c'était bien la même personne que celle de la Côte d'Azur. Non, elle n'avait pas vraiment changé en trois ans.

« Racontez-moi ce que vous faites de beau dans la vie », m'a-t-elle dit.

On lui a servi la salade et la bière. Elle a bu quelques gorgées, mais elle a laissé la salade intacte. Je l'imaginais seule, dans son appartement, devant la même assiette et le même verre de bière, au fond de ce silence que je ne connaissais pas encore à l'époque, et qui m'est si familier aujourd'hui.

*

Je ne lui ai pas raconté grand-chose de ce que je faisais de « beau ». A peine une allusion à ma vocation d'explorateur et à mon prochain départ pour le Brésil. Elle aussi, m'a-t-elle confié, avait passé quelques jours à Rio de Janeiro. En ce temps-là, elle devait avoir le même âge que moi. Elle habitait les États-Unis.

Je lui ai posé des questions et je me demande encore pourquoi elle y a répondu avec tant de détails. J'ai bien senti qu'elle n'avait aucune complaisance envers elle-même, ni aucun goût particulier à parler de soi. Elle a deviné que cela m'intéressait, et comme elle me l'a dit à plusieurs reprises, « elle ne voulait pas me faire perdre ma soirée ».

Il arrive aussi qu'un soir, à cause du regard attentif de quelqu'un, on éprouve le besoin de lui transmettre, non pas son expérience, mais tout simplement quelques-uns de ces détails dispa-

rates, reliés par un fil invisible qui menace de se
rompre et que l'on appelle le cours d'une vie.

*

Pendant qu'elle parlait, les poissons, derrière
elle, collaient de temps en temps leurs têtes au
verre de l'aquarium. Puis ils continuaient de
tourner inlassablement dans une eau bleue qu'un
petit projecteur éclairait. On avait éteint les spots
du plafond, pour nous faire comprendre qu'il
était très tard et que nous devions partir. Il ne restait plus que la lumière de l'aquarium.

Vers une heure du matin, sur le trottoir de
l'avenue, le silence était si profond que l'on
entendait les feuillages des arbres bruire de leur
respiration nocturne. Elle m'a pris le bras :

« Vous me raccompagnez jusque chez moi. »

Cette fois-ci, elle cherchait un appui. Ce n'était
plus comme le soir où nous descendions la rue
de la Citadelle et où, pour la première fois de ma
vie, j'avais eu le sentiment de me trouver sous la
protection de quelqu'un. Et pourtant, au bout de
quelques pas, c'était elle, de nouveau, qui me gui-
dait.

Nous sommes arrivés devant un bâtiment aux
grandes baies vitrées obscures. Seules deux
d'entre elles, au dernier étage, étaient éclairées.

« Je laisse toujours la lumière allumée, m'a-
t-elle dit. C'est plus rassurant. »

Elle souriait. Elle était détendue. Mais peut-être
faisait-elle semblant de prendre les choses à la
légère, pour me rassurer, moi. Cette partie de
l'avenue n'était pas plantée d'arbres, mais bordée

119

de bâtiments semblables à celui où elle habitait, avec toutes leurs baies vitrées éteintes. Quand j'allais voir Cavanaugh chez lui, je ne pouvais m'empêcher de passer par là. Je n'étais plus à Paris et cette avenue ne menait nulle part. Ou plutôt elle était une zone de transit vers l'inconnu.

« Il faut que je vous donne mon numéro de téléphone... » Elle a fouillé dans son sac à main mais il n'y avait pas de stylo.

« Vous pouvez me le dire... Je le retiendrai... »

J'ai noté le numéro quand je suis revenu à Montmartre dans ma chambre de la maison du Club des Explorateurs. Les jours suivants, j'ai essayé de lui téléphoner, à plusieurs reprises. Personne ne répondait. J'ai fini par penser que je n'avais pas retenu le numéro exact.

Dans l'embrasure de la porte cochère – une porte à la ferronnerie noire et à la vitre opaque –, elle s'est retournée et ses yeux gris se sont posés sur moi. Elle a levé doucement le bras et a frôlé ma tempe et ma joue, du bout des doigts, comme si elle cherchait une dernière fois un contact. Puis elle a baissé le bras et la porte s'est refermée sur elle. Ce bras qui tombe brusquement et le bruit métallique de la porte qui se ferme m'ont fait pressentir qu'il arrive un moment, dans la vie, où le cœur n'y est plus.

J'ai pris la lampe à huile sur la table de nuit et j'ai exploré encore une fois l'intérieur de l'armoire à glace. Rien. J'ai glissé dans ma poche l'enveloppe adressée à Rigaud, 3, rue de Tilsitt et qu'on avait fait suivre au 20, boulevard Soult. Puis, la lampe à la main, j'ai emprunté le couloir et je suis entré dans l'autre chambre de l'appartement.

J'ai ouvert les volets métalliques dont j'ai eu beaucoup de mal à replier les battants car ils étaient rouillés. Je n'avais plus besoin de l'éclairage de la lampe à huile : un lampadaire, juste en face de la fenêtre, répandait dans la chambre une lumière blanche.

A gauche, un petit placard. L'étagère du haut était vide. Contre la paroi, une paire de skis d'un ancien modèle. Au bas du placard, une valise en carton bouilli. Elle contenait une paire de chaussures de ski et la page arrachée d'un magazine sur laquelle j'ai distingué quelques photos. J'ai pris la page de papier glacé, et à la clarté du lampadaire, j'ai lu le texte qu'entouraient les photos :

MEGÈVE N'A PAS ÉTÉ DÉSERTÉ. POUR CER-

TAINS JEUNES GENS DÉTENTE DANS LEUR VIE MILITAIRE, POUR D'AUTRES DERNIÈRES VACANCES AVANT DE REJOINDRE LES ARMÉES.

Sur deux des photos, j'ai reconnu Rigaud, à vingt ans. L'une le montrait au départ d'une piste, appuyé sur ses bâtons de ski, l'autre, au balcon d'un chalet en compagnie d'une dame et d'un homme qui portait de grosses lunettes de soleil. Au bas de cette dernière photo, il était écrit : Mme Édouard Bourdet, P. Rigaud, champion universitaire de ski 1939, et Andy Embiricos. Des moustaches avaient été ajoutées au crayon sur le visage de Mme Édouard Bourdet, et j'avais la certitude que c'était Rigaud lui-même qui les avait dessinées.

J'ai imaginé que de chez lui, rue de Tilsitt, il avait transporté, boulevard Soult, les skis, les chaussures et la page du magazine de luxe qui datait de la Drôle de Guerre. Un soir, dans cette chambre où il s'était réfugié avec Ingrid – le soir du premier bombardement sur Paris, mais ni l'un ni l'autre ne descendait à la cave –, il avait dû contempler ces accessoires avec stupéfaction, comme les reliques d'une vie antérieure – sa vie de bon jeune homme. Le monde où il avait grandi et qui avait été le sien jusqu'à vingt ans lui avait semblé si lointain et si dérisoire qu'en attendant la fin du bombardement, il avait dessiné, d'un crayon distrait, des moustaches à cette dame Bourdet.

*

Avant de refermer la porte de l'appartement, j'ai vérifié si j'avais toujours dans ma poche la clé jaune que m'avait donnée le concierge. Puis j'ai descendu l'escalier dans une demi-obscurité car je n'avais pas trouvé le bouton de la minuterie.

Dehors sur le boulevard, la nuit était un peu plus fraîche que d'habitude. Devant la station-service, le Kabyle en salopette bleue était assis sur une chaise et il fumait. Il m'a fait un signe du bras.

« Vous êtes seul ? lui ai-je demandé.

– Il est allé dormir. Il me remplacera tout à l'heure.

– Vous travaillez toute la nuit ?

– Toute la nuit.

– Même en été ?

– Oui. Ça ne me dérange pas. Je n'aime pas dormir.

– Si vous avez besoin de moi, lui ai-je dit, je pourrais vous remplacer quand vous voulez. J'habite le quartier maintenant et je n'ai rien d'autre à faire. »

Je me suis assis sur la chaise en face de lui.

« Vous voulez un peu de café ? m'a-t-il dit.

– Avec plaisir. »

Il est entré dans le bureau de la station-service et il est revenu en tenant deux tasses de café.

« J'ai mis un sucre. Ça vous va ? »

Nous étions maintenant assis sur nos chaises, et nous buvions, à petites gorgées.

« Vous êtes content de l'appartement ?

– Très content, lui ai-je dit.

– Moi aussi, je l'ai loué à mon ami pendant trois mois avant de trouver un studio dans le coin.

– Et l'appartement était vide comme maintenant ?

– Il ne restait plus qu'une vieille paire de skis dans un placard.

– Elles y sont toujours, lui ai-je dit. Et votre ami n'a aucune idée où trouver l'ancien propriétaire ?

– Il est peut-être mort, vous savez. »

Il posait sa tasse de café à ses pieds, sur le trottoir.

« S'il n'est pas mort, il pourrait quand même donner de ses nouvelles », ai-je dit.

Il me souriait en haussant les épaules. Nous sommes restés silencieux quelques instants. Il paraissait pensif.

« En tout cas, a-t-il dit, c'était un homme qui devait aimer les sports d'hiver... »

*

De retour à l'hôtel, j'ai ouvert la chemise qui contenait mes notes sur la vie d'Ingrid et j'y ai joint la page déchirée du magazine et l'enveloppe adressée à Rigaud. Oui, le 3, rue de Tilsitt avait bien été le domicile de Mme Paul Rigaud. Je l'avais consigné sur une feuille de papier après vérification dans un vieux bottin. Pendant les quelques jours où Ingrid avait vécu rue de Tilsitt avec Rigaud, la neige était tombée sur Paris et ils ne quittaient pas l'appartement. Ils contemplaient à travers les grandes fenêtres du salon cette neige qui recouvrait la place et les avenues tout autour et qui enveloppait la ville d'une nappe de silence, de douceur et de sommeil.

*

Je me suis réveillé vers midi et de nouveau j'ai espéré recevoir un message ou un appel téléphonique d'Annette avant la fin de la journée. Je suis allé prendre un petit déjeuner dans le café de l'autre côté de la place aux fontaines. A mon retour, j'ai indiqué au patron de l'hôtel que je resterais dans ma chambre jusqu'au soir pour qu'il n'oublie pas de me chercher si ma femme me téléphonait.

J'ai tiré les deux battants de la fenêtre. Une journée radieuse d'été. Plus du tout la canicule des jours précédents. Un groupe d'enfants guidés par des moniteurs se dirigent vers l'ancien musée des Colonies. Ils s'arrêtent autour du marchand de glaces. Les eaux des fontaines scintillent sous le soleil, et je n'éprouve aucune difficulté à me transporter, de ce paisible après-midi de juillet où je suis en ce moment, jusqu'à l'hiver lointain où Ingrid a rencontré Rigaud pour la première fois. Il n'existe plus de frontière entre les saisons, entre le passé et le présent.

*

C'était un des derniers jours de novembre. Elle avait quitté, comme d'habitude, le cours de l'école de danse du Châtelet en fin d'après-midi. Elle n'avait plus beaucoup de temps devant elle pour rejoindre son père dans l'hôtel du boulevard Ornano où ils habitaient depuis le début de l'automne : ce soir, le couvre-feu commencerait à six heures dans tout l'arrondissement, à cause de

125

l'attentat de la veille, rue Championnet, contre des soldats allemands.

Elle avait gagné de l'argent pour la première fois de sa vie en faisant de la figuration, avec quelques-unes de ses camarades, pendant toute la semaine précédente, sur la scène du Châtelet dans : *Valses de Vienne*. Cinquante francs de cachet. La nuit tombait déjà, et elle traversait la place en direction de la bouche du métro. Pourquoi, ce soir-là, à la perspective de retrouver son père, se sentait-elle gagnée par le découragement? Le docteur Jougan était parti s'installer à Montpellier et il ne pourrait plus aider son père, comme il l'avait fait jusque-là en l'employant dans sa clinique d'Auteuil. Il avait proposé à son père de venir le rejoindre à Montpellier, en zone libre, mais il fallait franchir en fraude la ligne de démarcation... Bien sûr, le docteur avait recommandé son père aux autres personnes de la clinique d'Auteuil, mais celles-ci n'avaient pas la générosité ni le courage du docteur Jougan : elles avaient peur qu'on ne découvrît qu'un Autrichien, qui était recensé comme juif, travaillait clandestinement dans leur clinique...

Elle étouffait dans le compartiment du métro où l'on était serrés les uns contre les autres. Il y avait plus de monde que d'habitude, sans doute à cause de ce couvre-feu de six heures du soir. A la station Strasbourg-Saint-Denis, il était monté un tel nombre de gens que les portes ne pouvaient plus se refermer. Elle aurait dû prendre un vélo-taxi avec les cinquante francs de *Valses de Vienne*. Ou même un fiacre. Le temps que dure le trajet jusqu'au boulevard Ornano, elle se serait

126

imaginé que la guerre était finie et qu'elle traversait une autre ville à une époque plus heureuse que celle-ci, l'époque, par exemple, de *Valses de Vienne*.

*

Elle n'est pas descendue à Simplon comme d'habitude, mais à Barbès-Rochechouart. Il était cinq heures et demie. Elle préférait marcher à l'air libre jusqu'à l'hôtel.

Des groupes de soldats allemands et des policiers français se tenaient à l'entrée du boulevard Barbès, comme à un poste frontière. Elle eut le pressentiment que si elle s'engageait sur le boulevard à la suite de ceux qui rentraient dans le dix-huitième, la frontière se refermerait sur elle pour toujours.

Elle suit le boulevard de Rochechouart sur le trottoir de gauche, celui du neuvième arrondissement. De temps en temps, elle jette un regard sur le trottoir opposé qui marque la limite du couvre-feu et où il fait plus sombre bien que l'heure ne soit pas encore sonnée : encore quinze minutes avant que la frontière ne se referme et si elle ne la franchit pas d'ici là, elle ne pourra plus rejoindre son père, à l'hôtel. Les stations de métro du quartier seront fermées elles aussi à six heures. Place Pigalle, un autre poste frontière. Des soldats allemands autour d'un camion. Mais elle marche tout droit devant elle, sur le même trottoir, le long du boulevard de Clichy. Plus que dix minutes. Place Blanche. Là, elle s'arrête quelques instants. Elle se prépare à traverser la place et la frontière, elle fait trois pas en avant et s'arrête de nouveau. Elle revient en arrière sur le trottoir de la place Blanche, côté neuvième arrondissement. Plus que cinq minutes. Il ne faut pas céder au vertige et se laisser aspirer par le noir qui s'étend de l'autre côté. Il faut tenir bon sur le trottoir du neuvième arrondissement. Elle fait les cent pas devant le café des Palmiers et la pharmacie de la place Blanche. Elle s'efforce de ne penser à rien et surtout pas à son père. Elle compte. Vingt-trois, vingt-quatre, vingt-six, vingt-sept... Six heures. Six heures cinq. Six heures dix. Voilà. C'est fini.

*

Il faut qu'elle continue à marcher droit devant elle sur le même trottoir et qu'elle évite de regarder de côté, là où commence la zone du couvre-feu. Elle accélère le pas comme si elle avançait sur une passerelle étroite et qu'elle craignait, à chaque instant, de basculer dans le vide. Elle rase les façades des immeubles et le mur du lycée Jules-Ferry où elle allait encore en classe l'année dernière.

Maintenant qu'elle a traversé la place de Clichy, elle tourne enfin le dos au dix-huitième arrondissement. Elle laisse derrière elle ce quartier noyé pour toujours dans le couvre-feu. C'est comme si elle avait sauté à temps d'un bateau qui coulait. Elle ne veut pas penser à son père car elle se sent encore trop proche de cette zone noire et silencieuse d'où personne ne pourra plus jamais sortir. Elle, elle s'est sauvée de justesse.

Elle n'éprouve plus cette sensation d'étouffement qui l'avait prise dans le métro et tout à l'heure au carrefour Barbès-Rochechouart en voyant les groupes de soldats et de policiers immobiles. Il lui semble que l'avenue qui s'ouvre devant elle est une grande allée forestière qui débouche, plus loin, vers l'ouest, sur la mer dont le vent lui souffle déjà au visage les embruns.

*

Au moment où elle arrivait à l'Étoile, il a commencé à pleuvoir. Elle s'est abritée sous un porche de la rue de Tilsitt. Au rez-de-chaussée de l'immeuble voisin, un salon de thé qui s'appelait Le rendez-vous. Elle a hésité longtemps avant d'y entrer, à cause de son manteau de sport et de son vieux pull-over.

Elle est assise à une table du fond. Ce soir, il n'y a pas beaucoup de clients. Elle sursaute : le pianiste, là-bas, joue l'un des airs de *Valses de Vienne*. Une serveuse lui apporte une tasse de chocolat et un macaron et la regarde d'un drôle d'air. Elle se demande brusquement si elle a le droit de rester ici. Peut-être ce salon de thé est-il interdit aux « mineurs non accompagnés ». Pourquoi cette expression lui est-elle venue à l'esprit ? Mineurs non accompagnés. Elle a seize ans mais elle en paraît vingt. Elle essaye de mordre dans le macaron mais il est dur et le chocolat d'une couleur très pâle presque mauve. Il n'a pas vraiment le goût de chocolat. Les cinquante francs qu'elle a gagnés pour son rôle de figurante dans *Valses de Vienne* suffiront-ils à payer la note ?

A la fermeture du salon de thé, elle se retrouvera dehors, sous la pluie. Et il faudra qu'elle cherche un endroit pour s'abriter jusqu'à minuit. Et après le couvre-feu? Une panique la prend. Elle n'avait pas pensé à cela, quand elle marchait en rasant les murs pour échapper à l'autre couvre-feu, celui de six heures du soir. A une table voisine de la sienne, elle a remarqué deux jeunes gens. L'un porte un costume gris clair. Le visage poupin contraste avec la dureté du regard et de la bouche aux lèvres minces. Ce qui rend le regard dur et fixe, c'est une grande tache à l'œil droit. Les cheveux blonds sont ramenés en arrière. L'autre est brun et porte une veste de tweed usé. Ils parlent à voix basse. Elle a croisé le regard du brun. L'autre ouvre, d'un geste brusque, un étui à cigarettes doré, met une cigarette à ses lèvres et l'allume avec un briquet doré comme l'étui à cigarettes. On dirait qu'il donne des explications au brun. Quelquefois il élève la voix mais la musique du piano étouffe ses paroles. Le brun l'écoute et acquiesce de temps en temps. Elle a croisé son regard encore une fois et il lui a souri.

*

Le blond au costume gris clair a fait du bras un geste d'adieu nonchalant au brun, avant de quitter le salon de thé. L'autre est resté seul à la table. Le pianiste joue toujours l'air de *Valses de Vienne*. Elle craint que l'heure de la fermeture ne soit venue.

Autour d'elle, tout vacille. Elle essaye de répri-

130

mer un tremblement nerveux. Elle serre de ses doigts le rebord de la table et garde les yeux fixés sur la tasse de chocolat et le macaron qu'elle n'a pas pu manger.

Le brun s'est levé et s'est approché d'elle.

« Vous n'avez pas l'air de vous sentir très bien... »

Il l'aide à se lever. Dehors, ils font quelques pas sous la pluie et elle se sent mieux. Il la tient par le bras.

« Je ne suis pas rentrée chez moi... Dans le dix-huitième arrondissement... à cause du couvre-feu... »

Elle a dit ces mots très vite, comme si elle voulait se débarrasser d'un poids. Elle se met brusquement à pleurer. Il lui serre le bras.

« J'habite tout près... Vous allez venir chez moi... »

Ils suivent la courbe de la rue. Il fait aussi noir que tout à l'heure quand elle était à la lisière du couvre-feu et que de toutes ses forces, elle luttait contre le vertige pour ne pas quitter le trottoir du neuvième arrondissement. Ils traversent une avenue dont les lampadaires jettent une lumière bleue de veilleuse.

« Qu'est-ce que vous faites de beau dans la vie ? »

Il lui a posé cette question sur un ton affectueux pour la mettre en confiance. Elle s'est arrêtée de pleurer, mais elle sent les larmes qui lui glissent sur le menton.

« Danseuse. »

Elle était intimidée quand ils ont passé la grille
et traversé la cour de l'un de ces grands hôtels
particuliers qui bordent la place de l'Étoile. Au
deuxième étage, il a ouvert la porte d'entrée et il
l'a laissée passer devant lui.

Des lampes et des lustres allumés. Les rideaux
sont tirés pour camoufler les lumières. Elle n'a
jamais vu de sa vie de pièces aussi vastes et aussi
hautes de plafond. Ils ont traversé un vestibule
puis une chambre dont les murs sont couverts de
rayonnages de livres anciens. Un feu de bois
achevait de brûler dans la cheminée du salon. Les
bûches étaient presque consumées. Il lui a dit
d'ôter son manteau et de s'asseoir sur le canapé.
Au fond du salon, une grande rotonde vitrée
abrite un jardin d'hiver.

« Vous pouvez téléphoner chez vous. »

Il a posé le téléphone à côté d'elle sur le
canapé. Elle a hésité un instant. Vous pouvez téléphoner chez vous. Elle se souvenait bien du
numéro : Montmartre 33-83, celui du café, au rez-
de-chaussée de l'hôtel. Le patron répondrait, à
moins qu'il n'eût fermé le café, à cause du
couvre-feu. Elle a composé, d'un doigt hésitant,
le numéro. Il était penché devant la cheminée, et
il remuait les bûches avec un tisonnier.

« Est-ce que vous pourriez laisser un message
au docteur Teyrsen ? »

Elle a dû répéter plusieurs fois le nom.

« Le docteur qui habite l'hôtel... Oui... De la
part de sa fille... Dites-lui que tout va bien... »

Elle a raccroché, très vite. Il est venu s'asseoir
à côté d'elle sur le canapé.

« Vous habitez l'hôtel?

– Oui. Avec mon père. »

Leurs deux chambres pourraient largement tenir dans un coin du salon. Elle revoit la porte d'entrée de l'hôtel, et l'escalier à vis recouvert d'un tapis rouge qui monte, raide, jusqu'au premier étage. A droite dans le couloir, les chambres 3 et 5. Et ce salon où elle se trouve, maintenant, avec les rideaux de soie, les boiseries, le lustre, les tableaux et le jardin d'hiver... Elle se demande si elle est dans la même ville ou si elle rêve, comme tout à l'heure, dans le métro, quand elle s'imaginait qu'elle rentrait boulevard Ornano en fiacre. Et pourtant, d'ici au boulevard Ornano, il n'y a pas plus d'une dizaine de stations de métro.

« Et vous? Vous habitez seul ici?

– Oui. »

Il hausse les épaules d'un air navré, comme s'il s'excusait.

Quelque chose la met soudain en confiance. Sa veste de tweed dont elle vient de voir, à un geste trop brusque qu'il a fait pour ôter le téléphone du canapé, que la doublure est déchirée. Et ses grosses chaussures. L'une d'elles ne porte même pas de lacets.

*

Ils ont dîné dans la cuisine, tout au fond de l'appartement. Mais il n'y avait pas grand-chose à manger. Puis, ils sont retournés au salon et il lui a dit :

« Vous allez rester dormir ici. »

Il l'a entraînée dans la chambre voisine. Sous la clarté trop vive du lustre s'élevait un lit à baldaquin, au dais de soie et aux bois sculptés.

« C'était la chambre de ma mère... »

Il a remarqué qu'elle était surprise par ce lit à baldaquin et cette pièce, presque aussi grande que le salon.

« Elle n'habite plus ici?

– Elle est morte. »

La brutalité de cette réponse l'a décontenancée. Il lui a souri.

« Cela fait déjà longtemps que je n'ai plus de parents. »

Il marchait autour de la chambre, comme s'il inspectait les lieux.

« Je crois que vous ne vous sentirez pas très à l'aise ici... Il vaut mieux que vous dormiez dans la bibliothèque... »

Elle avait baissé la tête et ne pouvait détacher les yeux de cette grosse chaussure sans lacets qui contrastait si fort avec le lit à baldaquin, le lustre, les boiseries et les soies.

*

Dans la pièce aux murs tapissés de livres qu'ils avaient traversée tout à l'heure, après le vestibule, il lui désigna le divan:

« Il faut que je vous donne des draps. »

Des draps très fins, couleur beige rosé et bordés de dentelles. Il avait aussi apporté une couverture en laine écossaise et un petit oreiller sans taie.

« C'est tout ce que j'ai trouvé. »

Il avait l'air de s'excuser.

Elle l'aida à faire le lit.

« J'espère que vous n'aurez pas froid... Ils ont éteint le chauffage... »

Elle s'était assise sur le bord du divan et lui sur le vieux fauteuil de cuir, dans le coin de la bibliothèque.

« Alors, vous êtes danseuse ? »

Il ne semblait pas y croire vraiment. Il la fixait d'un regard amusé.

« Oui. Danseuse au Châtelet. J'étais dans la distribution de *Valses de Vienne*. »

Elle avait pris un ton hautain.

« Je ne suis jamais allé au Châtelet... Mais j'irai vous voir...

— Malheureusement, je ne sais pas si je pourrai encore travailler...

— Pourquoi ?

— Parce que nous avons des ennuis, mon père et moi. »

*

Elle avait hésité à lui faire des confidences sur sa situation mais la veste de tweed à la doublure déchirée et la chaussure sans lacets l'avaient encouragée. Et puis, il parlait en utilisant souvent des mots d'argot qui ne s'accordaient pas à la distinction et au luxe de cet appartement. Au point qu'elle s'était demandé s'il habitait vraiment ici. Mais sur l'un des rayonnages de la bibliothèque, une photo le montrait beaucoup plus jeune, en compagnie d'une femme très élégante qui devait être sa mère.

135

Il est parti en lui souhaitant une bonne nuit et en lui disant que, demain, au petit déjeuner, elle pourrait boire du vrai café. Elle est seule maintenant dans cette pièce, étonnée de se retrouver sur ce divan. Elle n'éteint pas la lumière. Si elle sent venir le sommeil, elle l'éteindra mais pas tout de suite. Elle craint l'obscurité à cause du couvre-feu de ce soir dans le dix-huitième arrondissement, cette obscurité qui lui évoque son père et l'hôtel du boulevard Ornano. Comme il est rassurant de contempler les rayonnages de livres, la lampe d'opaline sur le guéridon, les rideaux de soie, le grand bureau Louis XV près des fenêtres, et de sentir sur sa peau la fraîcheur et la légèreté des draps de voile... Elle ne lui a pas dit la vérité. D'abord elle a prétendu qu'elle avait dix-neuf ans. Et puis, elle n'est pas vraiment danseuse au Châtelet. Ensuite, elle lui a expliqué que son père était un médecin autrichien émigré en France avant la guerre et qu'il travaillait dans une clinique d'Auteuil. Elle n'a pas abordé le fond du problème. Elle a ajouté qu'ils habitaient tous les deux dans cet hôtel de façon provisoire, car son père cherchait un nouvel appartement. Elle ne lui a pas avoué, non plus, qu'elle a laissé volontairement passer l'heure du couvre-feu pour ne pas rentrer boulevard Ornano. En d'autres temps, on n'aurait pas attaché à son geste une grande importance, il aurait même semblé banal de la part d'une fille de son âge et l'on aurait simplement appelé cela : une fugue.

Le lendemain, elle n'est pas rentrée à l'hôtel du boulevard Ornano. Elle a de nouveau téléphoné à Montmartre 33-83. De la part de la fille du docteur Teyrsen. Il fallait laisser un message au docteur : « Vous lui direz qu'il ne s'inquiète pas. » Mais le patron du café et de l'hôtel, dont Ingrid avait reconnu la voix, lui a répondu que son père attendait ce coup de téléphone et qu'il allait le chercher dans sa chambre. Alors, elle a raccroché.

Une autre journée est passée. Puis une autre. Ils ne sortaient plus de l'appartement, elle et Rigaud, sauf pour dîner dans un restaurant de marché noir, tout près, rue d'Armaillé. Ils assistèrent à une séance de cinéma aux Champs-Élysées. C'était le film : *Remorques*. Quelques jours passèrent encore et elle ne téléphona plus à Montmartre 33-83. Décembre. L'hiver commençait. Il y eut de nouveaux attentats et cette fois-ci le couvre-feu fut imposé à partir de cinq heures et demie du soir pendant une semaine. La ville tout entière s'enfonçait dans le noir, le froid et le silence. Il fallait se blottir là où on était, faire le moins possible de gestes et attendre. Elle ne voulait plus quitter Rigaud et le boulevard Ornano lui semblait si loin...

*

A la fin de la semaine du couvre-feu, Rigaud lui expliqua qu'il devait quitter l'appartement car l'immeuble allait être vendu. Il appartenait à un

137

juif qui s'était réfugié à l'étranger et dont on avait mis tous les biens sous séquestre. Mais il avait trouvé un autre appartement, du côté du zoo de Vincennes et, si elle le voulait, il pourrait l'emmener là-bas.

*

Un soir, dans le restaurant de la rue d'Armaillé, ils dînèrent avec le blond au costume gris clair et à la tache sur l'œil. Ingrid éprouva une antipathie et une méfiance instinctives à son égard. Pourtant, il était très affable et lui posait des questions sur le Châtelet où elle prétendait avoir été danseuse. Il tutoyait Rigaud. Ils s'étaient connus, enfants, dans les petites classes du pensionnat de Passy et il aurait voulu évoquer plus longtemps cette période de leur vie, si Rigaud ne lui avait dit d'une voix sèche :

« N'en parlons plus... Ce sont de mauvais souvenirs... »

Le blond gagnait beaucoup d'argent grâce à des combines de marché noir. Il s'était mis en rapport avec un Russe qui avait installé ses bureaux dans un hôtel particulier de l'avenue Hoche, et avec des tas d'autres gens « intéressants » qu'il présenterait à Rigaud.

« Ce n'est pas la peine, avait dit Rigaud. Je compte quitter Paris... »

Et la conversation était revenue sur l'appartement. Le blond se proposait de racheter tous les meubles et les tableaux avant le départ de Rigaud. Il en avait parlé à quelques-unes de ses « relations » dont il serait l'intermédiaire. Il se

138

piquait d'être un amateur de meubles anciens. Il jouait à l'homme du monde et indiquait d'un ton faussement détaché qu'il avait pour ancêtre un maréchal d'Empire. Rigaud l'appelait tout simplement Pacheco. Quand il s'était présenté à Ingrid, avec une légère inclinaison de la tête, il avait dit : Philippe de Pacheco.

*

Le lendemain après-midi, on sonna à la porte de l'appartement. Un petit jeune homme en canadienne déclara qu'il venait de la part de Pacheco avec un camion et les déménageurs. Il s'était permis d'ouvrir les grilles et de garer le camion dans la cour, si personne n'y voyait d'inconvénient. Pendant que les déménageurs commençaient à rassembler les meubles, Ingrid et Rigaud se réfugièrent à l'autre extrémité du salon, dans le jardin d'hiver. Mais au bout de quelques instants, ils préférèrent sortir. Devant le perron, un camion bâché attendait.

Ils marchaient le long de l'avenue de Wagram qui descend en pente douce. La neige avait fondu sur les trottoirs et derrière les nuages perçait un pâle soleil d'hiver. Rigaud lui expliqua que Pacheco devait lui apporter l'argent de la vente du mobilier ce soir, et qu'ils pourraient s'installer tout de suite dans le nouvel appartement. Elle lui demanda s'il était triste de quitter cet endroit. Non. Il n'avait aucun regret et même, il était soulagé de ne pas rester ici.

Ils étaient arrivés place des Ternes. Soudain, elle éprouve un vertige : continuer tout droit vers

Montmartre et retourner à l'hôtel du boulevard Ornano par le chemin inverse de celui qu'elle a suivi l'autre soir pour s'éloigner de la zone du couvre-feu. Elle s'assied sur un banc. De nouveau, elle est prise d'un tremblement nerveux.

« Qu'est-ce que tu as?

– Rien. Ça va passer. »

Ils font demi-tour. Il lui serre l'épaule et peu à peu elle se sent rassurée de remonter avec lui l'avenue de Wagram vers l'Étoile.

*

Devant le perron de l'immeuble stationnait maintenant, à côté de l'autre, un deuxième camion bâché. Ils étaient plusieurs à charger le bureau Louis XV, une console et un lustre. Le petit jeune homme en canadienne surveillait les allées et venues des déménageurs.

« Vous en avez encore pour longtemps? » demanda Rigaud.

Il a répondu d'une voix traînante :

« Non... non... On a presque fini... On emmène toute la marchandise pas très loin... avenue Hoche... »

C'était sans doute l'hôtel particulier auquel Pacheco avait fait allusion et où le Russe avait installé ses « bureaux ».

« Il y en a, de la marchandise... »

Il se dandinait d'une jambe sur l'autre et les regardait de haut.

Dans la bibliothèque, il ne restait que les livres sur les rayonnages. Ils avaient même enlevé les rideaux. Le grand salon ne contenait plus aucun meuble, le lustre était décroché et ils achevaient de rouler le tapis. Seuls les tableaux demeuraient à leur place. Ils s'enfermèrent tous les deux dans un boudoir, à côté du salon, où l'on avait oublié d'enlever le divan.

*

Vers sept heures du soir, Pacheco fit son apparition, accompagné d'un homme d'une cinquantaine d'années au visage gras et aux cheveux argentés qui portait une pelisse. Il le leur présenta sous le nom du marquis de W. C'était lui qui s'intéressait aux tableaux. Il voulait les voir pour en choisir quelques-uns ou, éventuellement, les prendre tous. Le petit jeune homme en canadienne était venu les rejoindre et paraissait très bien connaître ce prétendu marquis de W., puisqu'il lui avait dit d'une voix traînante :

« Vous venez voir la marchandise ? »

Dans le salon, le marquis de W., qui n'avait pas quitté sa pelisse, inspecta les tableaux, un par un. Le petit jeune homme en canadienne se tenait derrière lui et, au bout d'un moment, il disait.

« On décroche ? »

Et sur un signe de tête affirmatif du marquis de W., il décrochait le tableau et le posait au pied du mur. Au terme de cette inspection, tous les tableaux furent décrochés. Rigaud et Ingrid restaient à l'écart. Le marquis de W. se tourna vers Pacheco :

« Votre ami est toujours d'accord pour le prix que nous avons fixé ?

– Toujours. »

Rigaud fut bien obligé de se joindre à eux et le marquis de W. lui dit :

« Je prends tous les tableaux. J'aurais volontiers acheté les meubles, mais je n'en ai pas besoin.

– Nous avons déjà trouvé un client », dit Pacheco.

Rigaud s'était éloigné d'eux, imperceptiblement. Ingrid demeurait à la lisière du salon, tout près de la porte. Il se rapprochait d'elle. Il contemplait ces trois hommes, là-bas, au milieu de la pièce vide, l'un dans sa pelisse qui paraissait aussi neuve que son titre de noblesse, Pacheco dans un imperméable au col rabattu et le plus jeune dans sa canadienne. Ils avaient l'air de cambrioleurs qui viennent d'achever leur travail mais qui n'ont rien à craindre et qui peuvent s'attarder sur les lieux de leurs méfaits. La lumière tombait d'une ampoule nue, attachée à un fil électrique qui pendait à la place du lustre.

*

Le marquis de W. et le petit jeune homme en canadienne sortirent de l'appartement les premiers et commencèrent à descendre l'escalier. Pacheco tendit à Rigaud une boîte à chaussures en carton :

« Tiens... Tu vérifieras si le compte y est... Vous nous accompagnez à la sortie ? »

Rigaud, la boîte à chaussures à la main, précéda Ingrid dans l'escalier. Ils se retrouvèrent tous sur le perron de l'immeuble. Il faisait nuit et une neige fine tombait. Le plus grand des

142

camions bâchés s'ébranla et il eut de la peine à s'engager dans la rue de Tilsitt. Puis l'autre camion suivit.

« On pourrait peut-être dîner ensemble », proposa Pacheco.

Rigaud acquiesça de la tête. Ingrid se tenait à l'écart.

« Je vous invite, dit le marquis de W.

– Et si on allait dans le restaurant de l'autre soir? dit Pacheco.

– C'était où? demanda le marquis de W.

– Rue d'Armaillé. Chez Moitry.

– Bonne idée », dit le marquis de W. Puis se tournant vers Rigaud :

« Il paraît que l'immeuble est sous séquestre et qu'on peut l'acheter. J'aimerais bien que vous me donniez des tuyaux là-dessus. »

Le petit jeune homme en canadienne demeurait à côté du marquis de W. dans l'attitude d'un garde du corps. Maintenant la neige tombait à gros flocons.

« Rendez-vous chez Moitry dans une heure, dit Rigaud. Il faut que je fasse une dernière inspection, là-haut. »

Il rejoignit Ingrid sur le perron. Tous les deux, ils les regardèrent traverser la cour et passer la grille. D'un geste de chauffeur de maître, le petit jeune homme en canadienne ouvrit l'une des portières d'une conduite intérieure noire qui stationnait là.

Le marquis de W. et Pacheco montèrent à bord de celle-ci. Il neigeait de plus en plus fort et l'automobile disparut au tournant de la rue de Tilsitt.

Rigaud avait amené au salon un sac de voyage. Sous la lumière crue de l'ampoule qui pendait du plafond, il y rangea quelques chandails, un pantalon et la boîte à chaussures remplie de billets de banque que lui avait donnée Pacheco. Ingrid n'avait de vêtements que ceux qu'elle portait sur elle. Il referma le sac de voyage.

« Il faut aller dîner avec eux ? demanda Ingrid.
– Non... non... Je me méfie de ces gens-là... »
Elle était soulagée. Elle aussi se sentait mal à l'aise en leur présence.

« Nous allons tout de suite dans l'autre appartement... »

En quittant le salon, il n'éteignit pas la lumière. Au moment de refermer la porte d'entrée de l'appartement, il dit à Ingrid qui se tenait sur le palier :

« Attends-moi un instant... »

Il revint bientôt avec une paire de skis et de grosses chaussures qu'il rangea dans le sac de voyage.

« Ce sont des souvenirs... »

Dans l'escalier, chacun d'eux tenait une poignée du sac de voyage. Rigaud avait mis la paire de skis sur ses épaules.

*

La neige tombait toujours. Le trottoir était recouvert d'une couche blanche qui luisait dans l'obscurité. La place était déserte et ils s'enfonçaient jusqu'aux chevilles dans la neige. L'Arc de Triomphe se découpait nettement sous la lune.

144

« C'est dommage que tu n'aies pas une paire de skis, dit Rigaud. On aurait pu aller là-bas à skis... »

Ils descendirent les escaliers de la station de métro. Dans le compartiment, il y avait moins de monde que l'autre soir entre Châtelet et Barbès-Rochechouart. Ingrid s'était assise sur une banquette proche des portières et gardait le sac de voyage sur ses genoux. Rigaud restait debout à cause de sa paire de skis. Les autres voyageurs le considéraient avec curiosité. Et lui, il finissait par ne plus prêter attention aux arrêts successifs de la ligne : Marbeuf, Concorde, Palais-Royal, Louvre... Il serrait les skis contre son épaule et il s'imaginait être de nouveau, comme l'année dernière, dans le téléphérique qui l'emmenait tout en haut de Rochebrune.

*

La rame s'arrêta à Nation. Elle ne continuait pas plus loin. Rigaud et Ingrid avaient laissé passer la station Bastille où ils auraient dû prendre la correspondance pour la Porte-Dorée.

A la sortie du métro, ils débouchèrent sur un grand champ de neige. Ni lui ni elle ne connaissaient ce quartier. Peut-être existait-il une rue grâce à laquelle on arrivait plus rapidement au 20 du boulevard Soult ? Ils décidèrent de suivre le chemin le plus sûr : le cours de Vincennes.

Ils rasaient les façades des immeubles, là où la neige était moins profonde. Rigaud portait ses skis sur l'épaule et, de la main gauche, le sac de voyage. Ingrid gardait les mains dans les poches de son manteau car elle avait froid.

Ils virent passer, le long du trottoir, un traîneau attelé à un cheval noir. Le silence, la pleine lune et la neige phosphorescente provoquaient peut-être des mirages. Le traîneau avançait lentement, à une allure de corbillard. Rigaud posa ses skis à terre et courut en interpellant le conducteur. Celui-ci fit stopper le cheval.

Il accepta de les mener jusqu'au 20, boulevard Soult. D'habitude, il conduisait un fiacre mais, depuis quinze jours que Paris était enseveli sous la neige, il utilisait ce traîneau qu'il avait découvert dans une remise, à Saint-Mandé, près de chez lui. Il portait une grosse canadienne et une casquette de pêcheur.

Ils glissent le long du cours de Vincennes. Les skis de Rigaud sont fixés à l'arrière du traîneau. Le cocher, d'un mouvement sec du bras, fouette le cheval quand celui-ci marche au pas. Mais à mesure qu'ils se rapprochent de la porte de Vincennes, son trot s'accélère. Ils ne savent plus dans quelle ville ils sont et quelles campagnes ils traversent. Le traîneau coupe par de petites rues pour rejoindre le boulevard Soult. C'est un village de montagne désert et silencieux pendant la messe de minuit. Ingrid s'est blottie au creux de l'épaule de Rigaud.

En fin de matinée, j'ai quitté ma chambre d'hôtel sans avoir reçu aucun message d'Annette, et je suis retourné à l'appartement. J'ai enfoncé la clé jaune dans la serrure et j'ai eu du mal à ouvrir la porte.

J'ai surpris le concierge dans la chambre du fond qui disposait des draps sur les lits jumeaux.

« Ce n'est pas la peine, lui ai-je dit. Je le ferai moi-même. »

Il s'est redressé.

« Mais c'est la moindre des choses, monsieur. Vous n'allez quand même pas camper ici? »

Il me considérait avec un air de reproche.

« Et cet après-midi, je passerai l'aspirateur. Il y a beaucoup trop de poussière ici...

– Vous trouvez?

– Oui. Beaucoup trop. »

Elle s'était accumulée depuis le départ d'Ingrid et de Rigaud et j'ai essayé de compter les années.

« Je vais vous débarrasser de cette paire de skis et de ces vieilles chaussures qui traînent dans le placard...

– Non. Il faut qu'elles restent à leur place. »

147

Il a paru étonné de ma détermination.

« Imaginez que ce M. Rigaud revienne et qu'il ne retrouve plus ses skis... »

Il a haussé les épaules.

« Il ne reviendra plus. »

Je l'ai aidé à border les draps. Nous avons dû écarter les deux lits jumeaux qui étaient collés l'un à l'autre.

« Ils rétabliront la ligne du téléphone au début de la semaine, m'a-t-il dit. Et l'électricité cet après-midi. »

Alors, tout était pour le mieux. Je téléphonerais à Annette et lui dirais de me rejoindre ici. Nous habiterions tous les deux dans cet appartement. Elle serait étonnée, au début, mais elle finirait par comprendre, comme elle avait fini par comprendre bien des choses quand nous nous étions connus.

*

Nous sommes sortis boulevard Soult et nous avons marché jusqu'à la station-service. Le Kabyle en salopette bleue m'a serré la main.

« Je te laisse prendre ton tour de garde, a-t-il dit au concierge.

– Vous me tenez un peu compagnie? m'a demandé le concierge.

– Volontiers. »

Nous nous sommes assis sur les chaises, près de la pompe à essence. Nous restions au soleil. Il ne nous assommait pas comme les jours précédents mais nous enveloppait d'une douce chaleur et d'une lumière orangée.

« C'est déjà l'automne », a dit le concierge. Et il me désignait, au pied d'un arbre, sur la grille de fer qui entourait le tronc, quelques feuilles mortes.

« Il faudra que je pense à vérifier les radiateurs de votre appartement. Sinon, vous n'aurez pas un bon chauffage, cet hiver.

– Nous avons le temps, ai-je dit.

– Pas tellement... Ça passe vite... A partir de septembre, les jours raccourcissent...

– Je ne sais pas si je serai encore là cet hiver. »

Oui, tout à coup, la perspective de rester dans ce quartier pendant l'hiver me glaçait le cœur. L'été, vous êtes un touriste comme les autres dans une ville qui, elle aussi, a pris ses vacances. Cela n'engage à rien. Mais l'hiver... Et la pensée qu'Annette accepterait de partager ma vie porte Dorée ne m'était d'aucun réconfort. Mon Dieu, où et comment passerais-je l'hiver?

« Quelque chose vous préoccupe? m'a demandé le concierge.

– Non. »

Il s'est levé de sa chaise.

« Je vais faire des courses pour le dîner. Vous pouvez rester là? Si jamais des clients veulent de l'essence, vous saurez faire marcher la pompe?

– Ça ne doit pas être très sorcier », lui ai-je dit.

*

Une vieille voiture anglaise bleu marine était arrêtée depuis quelques instants à la hauteur de la station-service, le long du trottoir opposé. J'ai cru reconnaître la voiture d'Annette. Oui. C'était bien la voiture d'Annette. Mais je ne distinguais pas le conducteur.

La voiture a effectué un large demi-tour sur le boulevard désert et elle est venue se ranger devant la station-service. Ben Smidane. Il a passé sa tête par la vitre baissée.

« Jean... J'ai mis longtemps à vous trouver... Je vous observais depuis dix minutes pour bien être sûr que c'était vous... »

Il me lançait un sourire un peu crispé.

« Je fais le plein? » lui ai-je demandé.

Et sans même lui donner le temps de répondre, je décrochai le tuyau de la pompe et commençai à remplir le réservoir.

« Alors vous avez trouvé un nouveau métier? »

Il prenait un ton badin, mais ne réussissait pas à cacher son inquiétude. Il est sorti de la voiture et il s'est planté devant moi.

« Je viens de la part d'Annette... Il faut que vous ayez un geste vers elle, Jean... »

J'ai raccroché lentement le tuyau de la pompe à essence.

« Elle se fait beaucoup de souci pour vous.

— Elle a bien tort.

— Elle n'a pas voulu vous téléphoner parce qu'elle a peur...

— Peur de quoi? »

D'un geste machinal, j'essuyais le pare-brise de la voiture, à l'aide d'un chiffon que j'avais trouvé sur la pompe à essence.

« Elle a peur que vous ne l'entraîniez dans une aventure sans issue... Ce sont ses propres termes... Elle ne veut pas venir vous retrouver ici... Elle m'a dit qu'elle n'avait plus vingt ans... »

Là-bas, sur le trottoir, le concierge s'avançait lentement vers nous, son sac à provisions à la main. Je lui ai présenté Ben Smidane. Puis celui-ci s'est remis au volant et m'a fait signe de m'asseoir à côté de lui. Il a démarré. Dans la voiture flottait le parfum d'Annette.

« Ce serait tellement plus simple si je vous emmenais maintenant retrouver votre femme. »

Nous roulions à faible allure en direction de la porte Dorée.

« Pas tout de suite, lui ai-je dit. Il faut que je reste encore quelques jours ici.

– Pourquoi?

– Le temps de finir mes Mémoires.

– Vous écrivez vos Mémoires? »

Je voyais bien qu'il ne me croyait pas. Et pourtant je disais la vérité.

« Pas vraiment des Mémoires, lui ai-je dit. Mais presque. »

Nous étions arrivés sur la place aux fontaines et nous longions l'ancien musée des Colonies.

« Depuis longtemps, j'avais rassemblé quelques notes et maintenant j'essaye d'en faire un livre.

– Et pourquoi ne pourriez-vous pas écrire ce livre chez vous, cité Véron, avec Annette?

– J'ai besoin d'une certaine ambiance... »

Mais je n'avais pas envie de lui donner d'explications.

« Écoutez, Jean... Je vais partir demain pour l'océan Indien... J'y resterai plusieurs mois... Je ne pourrai plus servir d'intermédiaire entre vous et Annette... Ce serait vraiment dommage si vous coupiez définitivement les ponts...

– Vous avez de la chance d'être encore à l'âge où l'on peut partir... »

Ça m'avait échappé, comme ça. Moi aussi, j'aurais aimé partir au lieu de tourner en rond dans la périphérie de cette ville, comme quelqu'un qui ne parvient plus à trouver de sorties de secours. Je fais si souvent le même rêve : Je suis au départ du ponton, les skis nautiques au pied, je serre la courroie et j'attends que le hors-bord démarre pour m'entraîner à toute vitesse sur l'eau. Mais il ne démarre pas.

Il m'a déposé devant l'entrée de l'hôtel.

« Jean, vous me promettez de lui téléphoner le plus vite possible ?

– Dès que la ligne sera rétablie dans l'appartement. »

Il n'a pas très bien compris ma réponse.

« Et vous, lui ai-je dit, je vous souhaite une bonne chasse au trésor dans l'océan Indien. »

*

Dans ma chambre, j'ai de nouveau consulté mes notes. L'été qui avait précédé la guerre et quelquefois encore pendant la première année de l'Occupation, Ingrid, à la sortie du lycée Jules-Ferry, prenait le métro jusqu'à l'église d'Auteuil et venait chercher son père à la clinique du docteur Jougan. Celle-ci se trouvait dans une petite rue entre l'avenue de Versailles et la Seine.

Il quittait toujours la clinique vers sept heures et demie du soir. Elle l'attendait en tournant autour du pâté d'immeubles. Elle débouchait de nouveau dans la rue, et elle le voyait devant la porte de la clinique lui faire un signe du bras.

Ils marchaient tous les deux a travers ce quartier calme, presque champêtre, où l'on entendait sonner la cloche de Sainte-Périne ou celle de Notre-Dame-d'Auteuil. Et ils allaient dîner dans un restaurant que je n'ai pas retrouvé, l'autre soir, quand je me suis promené dans ces parages, sur les traces du docteur Teyrsen et de sa fille.

Je suis tombé sur la vieille coupure de journal qui datait de l'hiver où Ingrid avait rencontré Rigaud. C'était Ingrid qui me l'avait donnée la dernière fois que je l'avais vue. Pendant le dîner, elle avait commencé à me parler de toute cette époque, et elle avait sorti de son sac un portefeuille en crocodile, et de ce portefeuille la coupure de journal soigneusement pliée, qu'elle avait gardée sur elle pendant toutes ces années. Je me souviens qu'elle s'était tue à ce moment-là et que son regard prenait une drôle d'expression, comme si elle voulait me transmettre un fardeau qui lui avait pesé depuis longtemps ou qu'elle devinait que moi aussi, plus tard, je partirais à sa recherche.

C'était un tout petit entrefilet parmi les autres annonces, les demandes et les offres d'emploi, la rubrique des transactions immobilières et commerciales :

« On recherche une jeune fille, Ingrid Teyrsen, seize ans, 1,60 m, visage ovale, yeux gris, manteau sport brun, pull-over bleu clair, jupe et chapeau beiges, chaussures sport noires. Adresser toutes indications à M. Teyrsen, 39 *bis*, boulevard Ornano. Paris. »

*

Ils habitaient l'appartement du boulevard Soult, elle et Rigaud, quand Ingrid s'était décidée, un après-midi, à retourner dans le dix-huitième arrondissement pour parler à son père et lui annoncer qu'elle voulait se marier avec Rigaud dès que cela serait possible.

Elle ne lisait jamais les journaux. Elle ignorait que l'avis de recherche était paru dans un journal du soir, quelques semaines auparavant. Elle allait l'apprendre tout à l'heure par le patron de l'hôtel.

La neige avait fondu et l'air était si doux que l'on pouvait sortir sans manteau. Mais il faudrait attendre encore un mois le printemps.

Elle avait voulu marcher et elle avait suivi les boulevards jusqu'à Barbès-Rochechouart, où elle était arrivée vers cinq heures de l'après-midi. Cette fois-ci, il n'y avait pas de couvre-feu.

Devant l'hôtel, Ingrid avait fait les cent pas en essayant de trouver les mots d'explication qu'elle dirait à son père pour justifier sa fugue. Mais ils se bousculaient dans sa tête. Elle avait tourné plusieurs fois autour du pâté d'immeubles. Peut-être n'était-il pas dans sa chambre à cette heure-là. S'il travaillait encore à la clinique d'Auteuil, il serait de retour pour le dîner. Elle l'attendrait dans sa chambre à lui. Elle préférait cela.

Elle était entrée dans le café. Le patron de l'hôtel se tenait pendant la journée derrière le comptoir. Elle lui avait demandé les clés numéros 3 et 5. Il ne pouvait pas lui donner les clés. Les chambres 3 et 5 étaient occupées par d'autres clients.

Il lui a expliqué que des agents de police un matin, très tôt, vers le milieu du mois de décembre, étaient montés chercher son père dans sa chambre et l'avaient emmené pour une destination inconnue.

*

J'étais allongé sur l'un des lits jumeaux, la fenêtre de la chambre grande ouverte sur le boulevard Soult. La nuit tombait. Le téléphone a sonné. J'ai cru un instant que c'était Annette, mais comment pouvait-elle avoir le numéro? J'ai décroché. Une voix métallique m'a annoncé que la ligne était rétablie. Alors, j'ai composé notre numéro de téléphone, cité Véron. Au bout de deux sonneries, j'ai entendu la voix d'Annette :
« Allô?... Allô? »
J'ai gardé le silence.
« Allô?... C'est toi, Jean? »
J'ai raccroché.
Dehors, j'ai marché vers la station-service. Dans ma tête résonnait la sonnerie du téléphone, cette sonnerie qui n'avait certainement pas retenti dans l'appartement depuis qu'Ingrid et Rigaud l'avaient quitté.
Le concierge et le Kabyle en salopette bleue étaient assis sur leurs chaises devant la pompe à essence et je leur ai serré la main.
« Je vous ai trouvé un vélo », a dit le Kabyle.
Et il me désignait contre la devanture de la station-service un grand vélo rouge qui n'avait pas de guidon de course.
« Il a eu du mal à le trouver, a dit le concierge. A cause du guidon.

– Je vous remercie », lui ai-je dit. Je préférais un guidon normal pour ne pas être obligé de me pencher. Comme ça, je verrais le paysage.

« Vous ne serez pas de retour trop tard? m'a demandé le concierge.

– Vers minuit. »

Mais je ne pouvais pas prévoir quel serait mon état d'esprit à cette heure-là. J'aurais sans doute envie de faire un détour par la cité Véron pour retrouver Annette, et – qui sait? – de rester chez nous.

*

Une brise tiède soufflait – presque le sirocco – et elle détachait des arbres quelques feuilles mortes qui tournoyaient dans l'air. Le premier signe de l'automne. Je me sentais à l'aise sur ce vélo. J'avais craint de ne pouvoir monter la pente du boulevard Mortier. Mais non. Cela allait tout seul. Je n'avais même plus besoin de pédaler. Une impulsion mystérieuse m'entraînait. Pas une voiture. Le silence. Et même quand les lampadaires s'espaçaient un peu trop, j'y voyais clair, à cause de la pleine lune.

Je n'avais pas imaginé que le chemin était si court. Et moi qui hésitais à quitter la porte Dorée pour l'hôtel Fieve, près des Buttes-Chaumont, comme à la veille d'un voyage en Mongolie... Elles sont tout près, les Buttes-Chaumont et, si je le voulais, je pourrais rejoindre en quelques minutes le 19, rue de l'Atlas, où habitait Ingrid avec son père quand elle était enfant. Déjà la gare de la Chapelle dont je devine les voies ferrées et

156

les hangars, dans l'ombre, en contrebas. Encore quelques centaines de mètres le long des groupes d'immeubles endormis, et voilà la porte de Clignancourt. Je ne suis pas venu dans ce quartier depuis un si grand nombre d'années qu'en le retrouvant, cette nuit, je comprends pourquoi il suffisait de me laisser glisser en roue libre sur ce vélo rouge : je remontais le temps.

Je me suis engagé dans le boulevard Ornano, et j'ai freiné un peu plus loin, au carrefour. J'ai laissé le vélo contre la devanture de la pharmacie. Rien ne trouble le silence. Sauf l'eau des caniveaux qui coule dans un murmure de fontaine. Cet hiver du début des années soixante, où il a fait si froid à Paris, nous habitions un hôtel de la rue Championnet dont j'ai oublié le nom. Quelques pas dans la rue et je serais devant sa façade mais je préfère continuer tout droit. En janvier de cet hiver-là, Annette avait reçu une réponse favorable de la maison de couture et elle devait s'y présenter un après-midi, pour y être engagée à l'essai.

La veille était un dimanche. Il avait neigé. Nous nous sommes promenés dans le quartier. Ainsi, l'un de nous deux commençait à travailler : nous devenions des adultes. Nous sommes entrés dans un café de la porte de Clignancourt. Nous avons choisi une table entre deux banquettes, tout au fond, là où était plaqué, contre le mur, un petit juke-box. Le soir, nous voulions aller au cinéma Ornano 43, mais il valait mieux se coucher tôt pour qu'Annette soit en forme le lendemain.

Et voilà maintenant que j'arrive devant ce cinéma que l'on a transformé en magasin. De l'autre côté de la rue, l'hôtel où habitait Ingrid avec son père n'est plus un hôtel mais un immeuble comme tous les autres. Le café du rez-de-chaussée, dont elle m'avait parlé, n'existe plus. Un soir, elle était retournée elle aussi dans ce quartier et, pour la première fois, elle avait éprouvé un sentiment de vide.

Peu importent les circonstances et le décor. Ce sentiment de vide et de remords vous submerge, un jour. Puis, comme une marée il se retire et disparaît. Mais il finit par revenir en force et elle ne pouvait pas s'en débarrasser. Moi non plus.

DU MÊME AUTEUR

En collaboration avec Louis Malle :

LACOMBE LUCIEN, *scénario.*

et en collaboration avec Sempé :

CATHERINE CERTITUDE.

Aux Éditions P.O.L

MEMORY LANE, en collaboration avec Pierre Le Tan.
POUPÉE BLONDE, en collaboration avec Pierre Le Tan.

Aux Éditions du Seuil

REMISE DE PEINE.
FLEURS DE RUINE.
CHIEN DE PRINTEMPS.

Aux Éditions Hoebeke

PARIS TENDRESSE, photographies de Brassaï.

Aux Éditions Albin Michel

En collaboration avec Catherine Deneuve :
ELLE S'APPELAIT FRANÇOISE..

Impression Bussière Camedan Imprimeries
à Saint-Amand (Cher),
le 7 février 2000.
Dépôt légal : février 2000.
1er dépôt légal dans la collection : décembre 1991.
Numéro d'imprimeur : 000659/1.
ISBN 2-07-038454-3./Imprimé en France.